TASHAREJ
Emna Belhaj Yahia

青の魔法

エムナ・ベルハージ・ヤヒヤ
青柳悦子 訳

彩流社

日本語版への序文

私の国チュニジアを舞台とし、その文化的背景の中で登場人物たちがそれぞれの生を繰り広げる一つの物語が、今日、日本の読者のもとに届けられ、みなさんの言葉で読んでいただけるようになることは大きな喜びであるとともに、感慨深いものがあります。『見えない流れ』の翻訳に続いてここに再び、作家の仕事というものが、自分の周りの出来事や社会事象、あるいはふだん見聞きする人々の会話や表情などを元にして、みずからの思い出や身近な人々の経験を語るだけのものではないということを、私は強く感じさせられています。物語られる人物たちの体験一つ一つに何か普遍的なものが潜んでいるということ、そのことが書くことを支えてくれているのです。ある一人の男性や女性が予測できない事態に立ち向かって模索したり、わけのわからない人生の中で意味を見出そうともがいたりする、そうした日々の格闘一つ一つに人間共通のものがあり、それが文学を育んでいるのです。

だからこそ、タシャレジやその娘、そしてヤルフェル、ハラト、イェッデが青柳悦子さんの興味を惹き、この小説を日本語に訳そうとまで思ってくださったのでしょう。この作品に今また、新たな場所で新たな生命を与えてくださったことに、惜しみない感謝を捧げます。おかげで登場人物たちは、これまでとは違った読者の方々と対話できるようになりました。そして読者の方々も新たな小説世界と出会い、その中で、さまざまな生き方が絡み合うさまをご覧になり、また人々がどのような問題に直面しているのか、そして困難を抱えながら少しでも幸せになるために一人一人がどのような努力をしているのかを見出してくださることでしょう。

ここにこそ文学を読む楽しみがあるのではないでしょうか。文学とは、遠く離れた別々の国に暮らしていても私たちすべてをつなぎ合わせてくれる架け橋であり、それは今後も変わることはありません。そればかりでなく文学こそ、自分や自分の集団に閉じこもって他の人々への関心をなくし、それゆえに進むべき道を見失ったり他者への偏見に陥ったりしてしまう危険を、私たちが乗り越えるための唯一の手立てなのかもしれません。まさに今世界ではそうした頑迷な自閉と他者への無理解が度を越した高まりを見せ、実に多くの場所でかつてないほどの激しい憎しみと暴力が噴出するに至っています。私の国がまことにむごたらしい凶行に見舞われたのはほんの数か月前のことでした。残念なことにその犠牲者の中には日本の方三名も含まれていました。しかしあの事件に直面して、人間が野蛮に堕していくことに抗わずにはいられない私たちは、女性でも男性でも、また何万キロもの距離で隔てられ文化的な背景を異にしていても、心を一つにして、ますます知性を尊重し、もっと多くのことを学び、友愛の精神をより広く培っていこうと誓い合ったのではないでしょうか。何のために私は書くのか、答えはまさしくそこにあります。

二〇一五年七月、チュニスにて

エムナ・ベルハージ・ヤヒヤ

目次

青の魔法

主な登場人物

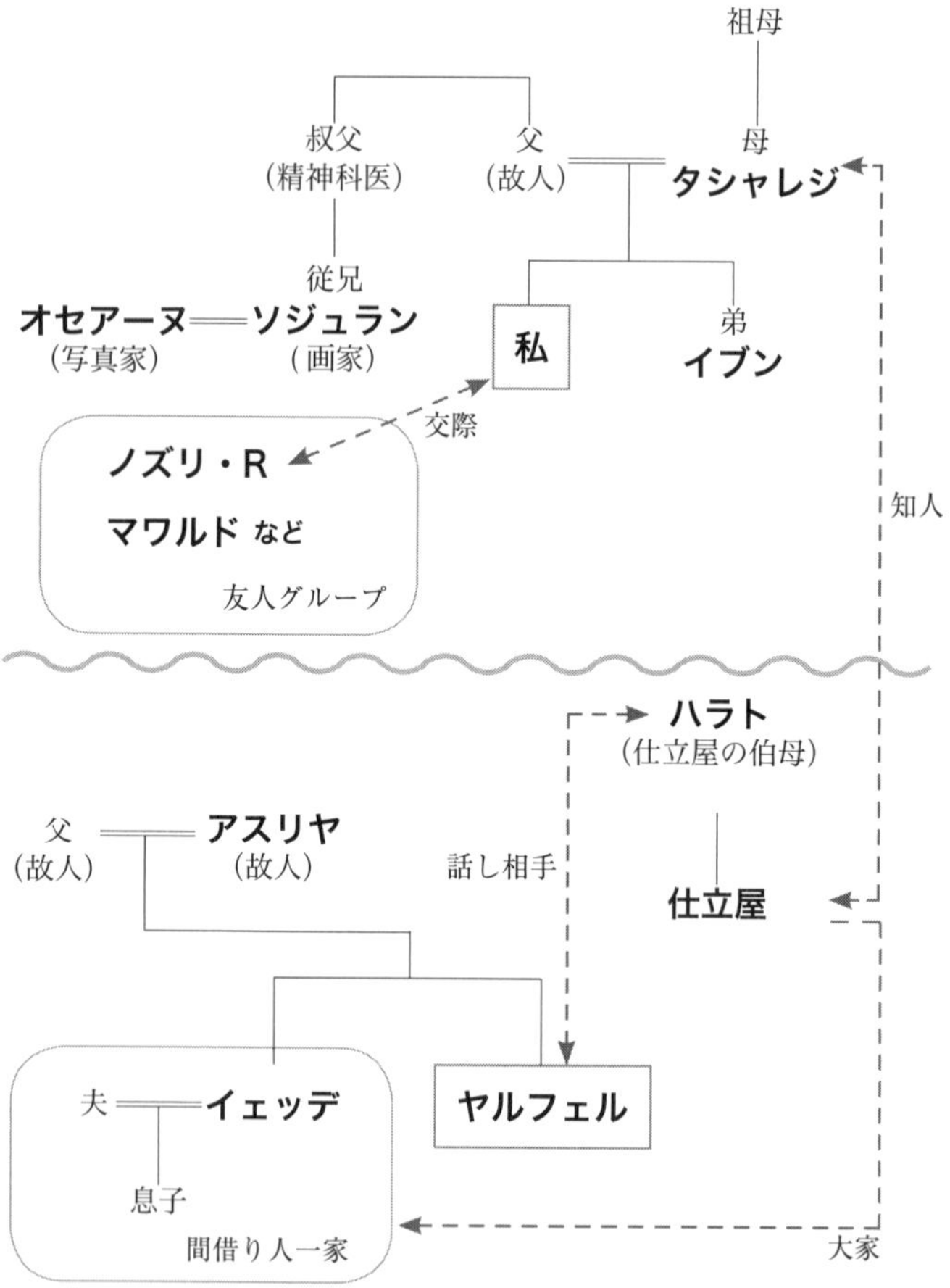
祖母
叔父
（精神科医）
父
（故人）
母
タシャレジ
従兄
オセアーヌ
（写真家）
ソジュラン
（画家）
私
弟
イブン
交際
ノズリ・R
マワルド など
友人グループ
知人
ハラト
（仕立屋の伯母）
父
（故人）
アスリヤ
（故人）
話し相手
仕立屋
夫
イェッデ
ヤルフェル
息子
間借り人一家
大家

1

ノズリの様子はどうかと思って、昨日、ブスコラの病院に電話してみた。二週間前から入院しているのだ。元気そうな話しぶりで、もうほとんど快復し、三、四日後には退院するとのことだ。それから、足繁《しげ》く見舞いにくる母親が、私へのプレゼントを置いていったとつけ加えた。

「え……」

私は一瞬、口をつぐむ。猫の鳴き声と生理用ナプキンの広告がうるさくつきまとうなかを延々と歩いたときのざわめきが耳で渦を巻いていた。それがやむと、ノズリの母親に会った最初で最後のあの日に告げられた、謎めいた約束が頭に蘇ってきた。

「それで、何なのかしら？」

「波の地模様のブルーのワンピースだよ。数字を寄せ集めた柄がサフラン色のスパンコールで刺繍してあって、海に咲いた花みたいに見える。」

海に咲いた花、そんなものはあるわけがない。それに、ノズリの母親がほのめかす謎なんて、少しも関心はない。

退院までにはお見舞いに行くかな、たぶん。とりあえず長いつきあいなんだから。


今はだいたい朝の八時半頃で、私たちが家を出てから十分ほどになろうか。タシャレジがハンドルを握っている。後部座席に座った私は、彼女のとても短く切った髪の先からゆっくりと垂れて首筋をつたって流れていく透明な筋の数を、一本二本と数えている。出かける直前に着た水色の衿なしブラウスはすでにじっとりし、その湿った布地に流れが吸われていく。額に汗の粒が浮かんでいるのも、眼鏡が水滴でくもっているのも見える。いらだったしぐさで、助手席のイブンに眼鏡を渡し、ティッシュで拭いてと頼む。イブンが眼鏡を返したとき、タシャレジは突然ハンドルを左に切って、犬の屍骸か、でなければ道路の大きなくぼみをよける。

私の体のなかの時計は止まったままだ。現実の時間が知りたいけれど私は腕時計をしていない。イブンは右腕にかっこいいスウォッチをしているが、どうせ答えてくれないだろうから質問しない。母のむき出しの首筋をつたう流れはますます数を増し、ついには太い川になる。ブラウスの背中はぐっしょりして、スカイブルーからロイヤルブルーへ色が変わっている。暑さのせいで母はひっきりなしにくしゃみをする。ハクション、と言うたびに母がまぶたを閉じるさまが思い浮かぶ。これではきっと事故になる、と気が気でない。もっと気になるのは、事故が起きるのを恐れる気持ちより、事故が起きるのを望む気持ちのほうが自分には強いのではないかということだ。もちろん私はおそろしい大事故が起きて死者や負傷者が出ることも、出血や救助といった事態になることも願ってはいない。だけど、何かちょっとした混乱が起きてくれたら、という気持ちがある。たとえば巨大な石が出現して、母を溶かしていく日に日に嵩じるこの暑さと、私の血管のなかを流れる冷えきったこの風を、ぴたりと堰き止めてくれたらいいのに。

挨拶すらせず車から降りる直前に、イブンはツリーポックのカセットをかける。私たちの耳をつんざきたいってわけだ。それと、自分の頭に数分だけでも奇天烈な反抗の悪たれ口を刻みつけたい、ということなんだろう。大学入学資格試験《バカロレア》までもう何日かだから。というわけで、友達のところに押しかけて、これから最後の追い込みをするらしい。

イブンが降りると、すぐに母はツリーポックを抜き取って「ラァァァボエーム……」に代える。くぐもったもの憂いピアノの調べが、寒さで麻痺していた私の心のひだを揺り動かす。心なんて、ここ二、三週間いっときも離さず着ているダッフルコートのたくさんあるポケットのどれかに突っ込まれたままだった。

ダッフルコートを放せないのは、五月も末だというのに、寒さで震えが止まらないからだ。なのに母ときたら暑くてたまらない様子だ。体じゅう汗だくになり、うだるような暑さに襲われてへとへとになりながら、その合間に、年齢の過酷さと気候の容赦なさを呪う言葉を吐いている。大きく襟ぐりの開いた、薄い生地のゆったりした服にしてみても少しも楽にならない。ついには、このところ、ずっと私が一日中はおっているダッフルコートのせいでますます息が詰まりそうになり、蒸し風呂に閉じ込められたような気分にさせられるのだと思い込む。それで、なんとかコートを脱がせようと余分なことまで言い立てる。この前なんて、ソジュランの父親が以前に診ていたものすごく高齢の女性を伯母にもつ仕立屋に、へりとポケットを直してもらわなきゃということにして、コートを出されてしまうところだった。あやうく私が間に合ったからよかったようなものだ。だから、もう片時もコートを離さないように用心することにしたのだ。血色の悪い蒼い顔と身体のかすかな震えも頑固に守ることにした。みんなが私を見てわかってくれるように——ノズリが私を凍った部屋に閉じ込めたのだ、と。そして私はそこから出られなくなってしまったのだ、と。「ラァァボエーム……」はたしかに少しだるいけど、まあいいだろう。この歌は空気を和らげ、イブンのお気に入りのラッパーがしつこいビートでつけた傷を癒やしてくれる。まったく、ひとの生身の身体に喜んで釘を打ち込んでくる前代未聞のトンカチミュージシャンだ。タシャレジが選んだ曲は一時のなぐさめをもたらす。それで、少しだけ母と打ち解けた気持ちになり、くしゃみを連発してはおさまるとリフレインを口ずさんで運転を続けている母のために、ダッフルコートを脱いであげようかな、とまで考える。私は後部座席の脇にダッフルコートを置いてみるが、思い直して、身体を横たえ、夜寝るときに毛布にすっぽりくるまるみたいに全身をコートで覆う。

タシャレジはガソリンを入れようとスタンドに向かい、音楽を止めて降りる。座席に横になっていると、何やら騒がしい気配がしてきて、それから叫び声が耳に届く。身体を起こして見てみると、スタンドから十五メートルぐらいのところに人垣ができていて、そのまんなかで女性が叫んでいる。みながタクシーを大声で呼び止め、車がキッと停止すると、二人の人影が押し込まれ、すごい勢いで発進する。母はスタンドの給油係と話している。

店員は人だかりのほうに行って、野次馬たちと言葉を交わしてから戻ってきて母に教える。大声を上げていたあの女性が、さきほど七歳の娘をひどく叩《はた》き、それで娘が気を失ってしまった。すると母親は金切り声で叫びだし、泣きわめいて助けを求めた。で、さっきタクシーが母親と娘を病院に連れて行ったところだ。

下ろした車の窓越しに店員の声が聞こえる。

「女の子が母親からおしおきを受けることになった理由なんですが、向かいのアイスクリーム屋のシャーベットをどうしても買ってとねだったことなんです。たった三百スルディのシャーベットですよ。どうか、あらゆる被造物に神のお赦しのあらんことを」と恭《うやうや》しく締めくくって店員は母が差し出した二十ナルディ札をポケットに突っ込む。母はエンジンをかける。

タシャレジは勢いよく発車する。騒ぎが続いたのはたぶん五分ぐらいだったと思う。私はまぶたをきつく閉じる。めちゃくちゃに叩《はた》かれて気を失った少女のことが頭を離れない。重い手のひらで叩きつぶされる一羽の蝶々。

「暑さですっかりおかしくなってしまうのね」とタシャレジは総括する。

私は何も言わない。母はほとんど聞き取れないくらいの声でつけ加える。

「いくらかでも涼しい道ってないかしらね。あればノンストップで飛ばしたいわ！」

私は寒いのに……、だけど母はどうしても理解してくれない。でもほんとうのところは、そんなことはどうだっていい。それよりはっきりと認識しておかなくてはならないのは、母が探している道と私の道は違うということだ。母が探しているのは、あらゆるものが暑さのせいで膨張しふくらんだために元のスペースには収まらなくなり、ドアや窓は枠につかえて閉まらず、鍵も合わなくなり、今まではいつもうまくかみ合っていた一つ一つの物事や考えが狂いだし、暑さがあらゆる隙間を埋め尽くしあらゆる空間を塞ぐ、そんな世界から脱出させてくれる道だ。照りつける陽射しの、この焼けつく太陽の匂いを消し去ってくれる道だ。だが、地の腹からはいわば世界の熱い吐息が噴き出し、めらめらと炎の壁が立ちはだかって風を封じ、空気の成分のすべてが猛烈な勢いで知覚を超えた沸点にまで達しそうなのだ。この灼熱の世界――なんとかうまい道に出くわして脱出したいと母が望んでいるこの酷熱の世界――のことは、私もよく知っている。そのなかを通り抜けたことがあるからでも、その上を飛び越えたことがあるからでもなく、二年前から毎日毎日母が私たちを相手にのたまう話から、そのありとあらゆる細部とその途方もなさを思い描かされてきたからだ。一方、私はというと、私が身体のなかまで氷に侵され、いや、すっかり氷に閉じ込められてさえいることを、どうやって他人《ひと》に伝えたらよいのかわからない。そうしたいとも思わない。母が今やっきになって見つけようとしている道は、もちろん私にとっては望ましい道ではない。だって私は寒いのだから。でもうまくそれを言い表すことができない。ただダッフルコートだけが代わりに語ってくれている。

「ラァァァボエーム。」ガソリンスタンドを出た母は涼しい道を探すのに必死で、曲をかけ直すこともしなかったが、私の心には歌詞が蘇る。まるで、やすらぎを与えてくれる子守唄のようだ。「……あの頃ぼくらは二十歳だった。」叔父、つまりソジュランの父親が処方してくれた精神安定剤のせいで、私はしょっちゅう眠くなる。あれはずっと昔、二十歳だった頃、と頭でつぶやきながらゆっくりと眠りに落ちていく。そうか、母は切りのいい数字が好きだから私を一九七〇年に生み、ちょうど二〇〇〇年に私が三十才になるようにしたんだ！と、電撃的な発見が口をついて出た。車の振動につられてたちまち眠りに落ちるとそれを助長するかのように、閉じたまぶたの下に次々とぼんやりした映像が浮かぶものだが、そんなとき、ひとは突然こんな発見に出くわしたりする。それは、上映が始まって少したってから暗い映画館のホールに入って行ったときに、いきなり物語のど真ん中に立たされたような感じがするのと似ている。ラッパーたちのズンズンいう気ちがいじみたリズムもいつのまにか戻ってきて、その勢いで私は第二の発見をする。母自身の人生のなかでバカロレアがもった重大性ゆえに、母は、バカロレア受験の年がその人の運命を決すると信じ込み、またそれがゆえに、イブンを甘やかしてあらゆるわがままを赦しているのだ、と。今はもう昔とは違うということも、ひとの運命を決める瞬間というのはいくらでもあり、毎日ひしめき合って押し寄せるほどなのだということも、母はわかろうとしない。

私の耳に今響いているのはそのひしめき合いなのだろうか。そして、それに電話の呼び鈴や、泣きじゃくる娘を半狂乱でたたく母親の殴打の音が重なっているのだろうか。それとも、車を降りた後イブンがやっぱり追い込み勉強を諦めて、戻って来てかけたラッパーのトンカチの音なのだろうか。あるいは、道路のあちこちにぼこぼこできているくぼみなのだろうか。母はよけるのが下手だし、くしゃみしながらだとなおさらだ。私の閉じた目に、いろいろなかたちの亀裂が次から次へと浮かんでくる。母の運転するワインレッドの七〇九が、次々とその溝に突っ込み、なぜか無傷で出てくる。だけどタイヤはパンクしている。でもいつのまにかまたふくらんでいる。窓ガラスは埃で真っ黒。そこへ、いきなり強い海の香りのする風が吹きつけてきて、ガラスをぬぐう。

でも、海からはずっと遠いはず……。だって朝八時頃、住まいのある郊外の町を出てイブンを友達のところに送り、エルカムハという店でパンを買い、そしたら帰ることになっていたのだから。そのあとはすぐに、母の車を借りて今度は私が運転して、首都から三十キロのブスコラまで行かなくてはならない。エルカムハは、アニスとニゲラの種を散らしたこんもりと丸いあのおなじみの大きなパンを売っている、今では残り少ない店の一つ。底辺がゆるやかな丸みを帯びた三角のかたちになるよう、あらかじめ五等分に切り分けてある。そうだ、ブスコラの病院に着くまでに、ノズリへの花束を買わなくては。それにしてもこの強い海の香りはどこから来るのだろう。それになぜ母はこんなにスピードを出しているのだろう。道が険しいし私では事故を起こしかねないなどと理由をつけて、母が自分で私を病院まで連れて行くことに決めたのだろうか。冗談じゃない、と思って、私は目を覚まさなきゃと頑張る。今すぐに止めなくては。しかし眠気のほうが勝ってしまい、海の香りのせいで催眠薬が一層効いてきて、私は遠くに運び去られ、奇妙な映像を見る。夢の御殿のようなきれいな家が建っていて、入ろうとするとちょうど、地面が揺れて陽ざしが急に翳《かげ》る。私はその場に棒立ちになる。入り口を手探りで見つけようとしてみる。胸をむき出しにしたつややかな肌の黒人女性がさっきありかを教えてくれたのだ。そのあとに現われたのは、リボンで飾った大きな車のなかにいるライルだ。横には白いドレスの花嫁が乗っていて私に漆黒のまなざしを向ける。それから、髪をスプレーで固め、マニュキアを光らせた、ランプの下のほうにシェードをつけたようなシルエットの女たちが現われ、私の周りをぐるぐるまわる。すると、凍った砂丘が大地からせり上がってきて連なり合い、あのすてきな家と私を完全に隔ててしまう。風が巨大な砂丘を震わせ、すべてを飲み込む。私は身を守ろうとして、腰のところまでずり下がっていたダッフルコートを頭まで引き上げながら、自分の胸がむき出しになってはいないのを確かめてほっとし、タシャレジがコートをやめろとか仕立屋に直しに出してしまえとか言うのに折れなくてよかったと思う。とにかく絶対にいやだ！　母がブスコラまで私を送ってきて、一緒に病院を訪ね、ノズリのベッドのところまで行くなんて。彼と私の仲がもう終わったということはみんなが知っている。母だけは、ほんとうかどうか疑っている。私のことを、気持ちも意志もはっきりしない人間だとずっと思ってきたからだ。そのうちわかるわ。今からすぐに戻ってパンと一緒にタシャレジを家に置き、無理にでも私が運転することにしよう。母に私を止められるものか、やってみるならやってみればいい。私はがばっとダッフルコートから顔を出し、身を起こして座り、母にUターンさせようとする。ところが、車のなかにいるのは私だけだ。タシャレジの姿は影も形もない。窓ガラスは全部しまっている。私は腕と脚を動かしてみて自分がちゃんと生きているか確かめようとする。ダッフルコートが足もとに落ちる……。でも、寒くない。外には砂と海が果てしなく広がっている。海はどこまでも平らで、ガラス板のようだ。見覚えのない場所だ。見渡すかぎり誰もいない。時計をしていないので時間もわからない。車のなかには、何もないし、誰もいない。と見回すと、くしゃくしゃになった新聞の切れ端が落ちている。私はそれを手に取り、読んでみようとする。

2

イェッデが仕事そのものは変えずに仕事の仕方を変えてから、ほぼ一年になる。変える前には、何時間もかけて、いく度も計算をくり返した上で、自分よりもきちんと計算ができそうな人の意見を訊いた。近所の人たちや学のある人たち、食品雑貨店の店主にもだ。その店で彼女は、息子のためにチーズやチョコレートを、夫のために紅茶や一日七、八本のタバコを買う。夫は失業中なのだが、タバコは相変わらずで、仕立屋の家に間借りしている一部屋きりの住まいのなかで、夜、もくもくとふかすのもやめてくれない。仕立屋には貸し部屋が五つあって、夫婦者や小人数の家族が住んでいる。というのも「言わずとしれた理由」から大家は独身者には部屋を貸さないからである。

間借り人の誰もが言うように「とても教養のある女性」と評判の仕立屋も、イェッデが仕事のやり方を変えるのを後押しした。自分が生計《くらし》をお客とそのお客に仕立ててやる服とに頼っているように、「生計《くらし》を人様に頼っている場合には」、「お相手の数が多ければ多いほど、生計《くらし》も楽になる」という理由だ。仕立屋の言うことなら絶対信用できる。というのも、読み書きはできなくとも貸間から入ってくる賃料をきちんと管理しているし、それから、イェッデの雇い主の家で雑誌『ドゥルバ』を定期購入している奥様のところから要らなくなった号をもらってくると、それについているすごく複雑な型紙を使って、すてきなドレスをみごとに縫い上げてしまうからだ。イェッデのほうはその雑誌も、たまに、なんとなくぱらぱらとめくってみるだけだ。

食品雑貨店の店主はというと、彼は律儀な男性で、イェッデの夫のことがあまり好きではない。だからイェッデにつけで品物を売ってあげるのは、「この無垢な天使」、つまりイェッデの息子に免じてのことなのだ。坊やはようやく歩けるようになって、ときどき一人で買い物に来て、勢いよく「トコレートをひとつちょーだい」なんて言ったりする。店主はイェッデにこう言った。

「仕立屋さんの言うことはもっともだし、それにこんなこともある。いいかい、お前さんが週の初めの雇い主のところで稼げなかったときに、その分を週の終わりの雇い主のところで取り返せる、ってこともあるだろ。しかも一週間は七日あるときている！　だから最初のご主人と最後のご主人は違えておかなきゃだめだ。そうでないと、この店でいえば、客がたった一人しかいないようなもんだ。長年店をやってきた私の経験に、嘘はないよ。」たしかにその店が嘘偽りない証拠だっただけに、イェッデは店主の理屈にすっかり納得した。

さて夫はどうだったかと言うと、最初はまるきり関心がない風を装って、そんなのはどうでもいいことだ、とさえ何度も口にしてみせた。だって明日にでも俺がものすごく儲かる仕事を見つけて生活は一気に楽になるんだから、というのだ。しかし、この台詞はもうずっと前から、折りあるごとに繰り返されてきたお決まりの文句にすぎない。じきに夫はほかの人たちの意見に同調するようになった。

イェッデの弟のヤルフェルだけが違う意見だった。だけどヤルフェルはまだ若いし経験もないから、と五歳上の姉は思った。それで結局、新しいやり方に変えたのである。

仕立屋というのは、子供のいない五十七歳の未亡人である。背が高くてエネルギッシュで体格もがっちりしている。明るく脱色したボリュームのある髪を後ろに結い、たいてい黒のビロードのヘアネットでまとめてファチア・ロシュディみたいなスタイルにしている。

その髪型に加えて、ときおり愛想のいい笑いを浮かべると金歯をかぶせた左右の犬歯が黄金の光を放つせいで、お客たちには彼女が、頭に編み目模様をつけた男爵夫人、といったふうに見えた。脱色すべき時期がとうに過ぎてしまって色がくすみ始めたときなど、金歯で髪の輝きを取り返しているみたいな感じがした。彼女の夫は屋根葺《ふ》き大工だったのだが、まだ若いうちに仕事中の事故で亡くなってしまった。自分の家を建てないうちだった。彼女は一生懸命縫い物をし、節約を重ねて、亡き夫の元の仕事仲間たちに小さな家を建ててもらい、借りていた部屋を出て、ついに本物の自分の家を持ったのだ。仕立屋兼家主となった彼女は、五部屋あるうちの一番大きくてただ一つタイル張りの施してある部屋に、九十歳を過ぎた自分の伯母のハラトとともに住むことにした。並びになっているセメント敷きのほかの四部屋は、それぞれ所帯持ちに貸した。粗末な部屋だがどれもみな内庭に面している。その内庭には大小さまざまのタイルのかけらが敷き詰められていて、真ん中を美しいレモンの樹が飾っている。水やりをしたり手入れをしたりするのはハラトだけの特権だ。ここ五年借り主が代わっていないのは、イェッデと夫と三歳の息子が住んでいる部屋だけである。

仕立屋には一つだけ心を悩ませていることがある。それは伯母がだんだん呆《ほう》けてきて、毎日少しずつ奇妙な行動が増え、わけのわからないことを口走るようになってきたことだ。仕立屋はこうしたことをすんなり受け容れることができず、ハラトが精神の病に侵されているのでは、と、しだいに心配を募らせている。

しかしながら、イェッデの子供が助かったのはハラトのおかげだった。事の次第はこうだ。しばらく前からこの年寄りは昼に寝て夜中に目覚めるようになっていた。腰がすっかり曲がり三角に折れた姿で、ベッドから起き出して中庭をふらふら歩きまわりながら、ときどきレモンの樹に話しかけるのである。ある晩、老婆はイェッデの息子が、身体が破れてしまいそうなほどひどく咳き込んでいるのを耳にした。咳の発作はいつまでも続いてやまない。老婆は閉じられた部屋のドアの前で立ち止まった。中から強いタバコの匂いがもれてきた。老婆はまずレモンの樹にこのことを話しに行き、それから仕立屋を起こして、あの子は今晩にも死んでしまうに違いないと教えた。激怒した仕立屋は猛然と跳ね起き、ドアをたたき、イェッデの夫をどなりつけた。今すぐそのタバコを消さないなら、それから今後一度でも喘息の息子の脇にいながら部屋でタバコを吸っているところを見かけたら、あんたたち三人を追い出して、翌日にはほかの人に部屋を貸すことにする。二倍の家賃を払うと言っている人がいるんだから、と。
効果はてきめんだった。しかしハラトには、いずれ同じようなことが、それももっと悪いことが起きて、イェッデとその小さな一家が出て行くことになってしまうとわかっていた。しかもみんなが知っているとおり、ハラトが予言すること、とりわけレモンの樹に向かって打ち明けたことは、必ずそのとおりになるのだ。

さてイェッデについて言うと、彼女のただ一つの悩みの種は、どうしようもないほどバスの時刻があてにならないことである。その満員のバスに乗って朝、自分の住んでいる郊外から、雇い主のほとんどが住んでいる別の郊外まで通うのだ。毎日、遅刻してしまうのではと心配になる。とりわけ木曜日はグラシヤ夫人のところへ行く日なので、心臓が早鐘を打つ。イェッデを雇っているこの女主人は新しい冷蔵庫を買ったあと、まだ八年しかたっていない古いのを譲ってくれたのだ。ひきかえに一年間、毎週一回、ただで掃除をするだけでいい、という条件で。この商談はどちらにとっても好都合なものだった。とりわけイェッデにとっては。というのも、おかげで、息子のヨーグルトを保存したり、晩の料理の残りを翌日の昼、イェッデが掃除婦の仕事をしている間に幼子と父親とで食べられるように取っておいたりできる、真っ白に輝くすてきな機械を手に入れることができたのだから。

朝七時に来るはずだったバスを一時間近く待たねばならなかったその日、イェッデはついに検札にきた車掌を上から下までにらみつけてやり、仕事に遅れるのはもううんざり、我慢の限界だ、と文句をつけた。すると返ってきたのは冷ややかなせりふだった。

「なんだい、立派なお役所で仕事をしてるってわけじゃあるまいし。」

唖然として一瞬たじろいだ後、彼女は言い返した。

「神様が何もかもご覧になっていらっしゃるわ。」

それ以来、掃除婦として立派なお役所で仕事をすることが、心の奥に住み着いた夢のように離れなくなった。

この密かな願いが実現する日を待ちつつ、イェッデは、仕事を変えるのではなく方式を、つまり仕事の仕方を変え、すでに一年以上を過ごしている。一人きりの雇い主から月ぎめの給料をもらうのではなく、毎日違う雇い主のもとから十二ナルディずつ受け取って帰宅することになった。木曜日だけは別で、日給を手にする代わりに、部屋に鎮座し、一晩中うなりを上げる白い冷蔵庫をうっとりと見つめるのである。

こうしてよかった、とみんなが言う。弟のヤルフェルだけは、とんでもないやり方だ、という意見である。

3

ある日学校時代の友人から、銀行に勤めているノズリ・R氏を訪ねて、薬局を開くための貸付を申請してみたらよいと勧められた。

初めてノズリ・Rに会ったとき、彼はカウンターに座っていた。大理石張りの低い仕切りをはさんだ向こう側にいて、いくつかの書類と、コンピュータと、電話器と、飲みかけのコーヒーが手前に並んでいた。私はカウンターの客側で、ずっと立っていた。自分の申請内容を話し、貸付が受けられそうかどうか、適用される利率はどれくらいか、返却期限や条件は、といったことを質問した。彼は顔を上げて私に答えたり、私が提出した書類に目を落としたりしていた。身分証明書類、薬学の学士課程修了証、保険関係……。頭を下げると、おとなしい真面目な生徒みたいに見えた。つやつやした黒髪、額の下でほとんど一直線につながっている太い眉、親密な空間を包むようにそっと閉じられた二枚の黒い絹のカーテンのような睫毛。しかし顔を上げた彼が見せる笑みは、少しばかり大げさで、少しばかりいきすぎた愛想を感じさせた。

書類を受け取った日付と受付番号とを記入した小さな白い預り証を私に渡しながら、彼はすべて心得たという目つきをしてみせ、共犯のウィンクを寄こして言った。

「五日後にいらしてください。そのときまでに不可能を可能にして、あなたのために委員会の承諾を取りつけておきますから。すべてうまくいくよう私がお手伝いして、あなたの薬局が遅くとも三か月後には開業できるようにしてさしあげますよ。」

こちらには、そこまでしてほしいという気持ちはなかった。笑みやウィンクに私はとまどい、そのとまどいを隠すために目を伏せた。彼は咳払いをし、立ち上がって私の手を取って握手した。居心地の悪い思いがして不快を覚えたが、私のために何でもしてくれると言ってくれる人に当たって幸運だったと思うように努めた。

翌週、再び銀行を訪ねた。彼は前と同じ席に座っていたが、私の姿を見ると立ち上がり、カウンターをまわって私のところまで大仰な笑みを浮かべながらやって来て、ついてくるように言った。大理石張りのホールを横切り、暗い廊下を二つ通り抜けて私たちが入ったのは、大きな窓からすばらしい眺めの見える広々としたオフィスだった。彼は私に座るように勧め、呼び鈴を押して小間使いにコーヒーを二つ持ってくるように命じ、ファイルを取って机に広げ、手をこすり合わせながら、あなたの件はとても順調に進んでいますよ、と言った。女性秘書がノックせずに入ってきた。二分後、また別の秘書が入ってきた。二人ともそれぞれ、向かいの大理石の棚に書類を置いていった。数分するとまた最初の秘書が戻ってきて、回転式の書類整理ラックから文書を一枚取って行った。二人が入ってくるたびに香水の香りがほのかに漂い、光が差し込んで彼女たちのマニュキアをした爪やアクセサリーの宝石や髪を固めているスプレーをきらきらさせた。私はそのつんと鼻を刺す匂いをそっと嗅いで楽しんだが、彼女たちの化粧はきつすぎるし、シルエットはぐるぐるまわるランプシェードをランプの軸の下のほうにずり下げたみたいだし、私に向ける視線もどこか変だと思った。私は座を立とうとした。しかしノズリが引き止めた。

「まだ提出していただかなくてはならない書類があります。契約書、署名の公式証明書……。明日かならず持って来てくださいね。そうすれば手続きは、すいすい進みますからね。」

そう言うと彼は席を立って、菱形の大きなテーブルのこちら側の私の隣にやってきて座り、さきほど届いたコーヒーをすすった。私は服のなかで身体がちょっと縮こまるような気持ちがし、喉が詰まってしまった。一言も発することができなくなった。私の正面を覆う全面ガラス張りの壁に、固まった私の姿が浮かんだ。私はペンを手に取ってキャップをいじって遊ぼうとしてみた。ノズリはタバコに火をつけ、会話を活気づかせようとやっきになった。だけど私は、この男はちょっとしつこいなとか、何だか空気が重たいなぁとか、息苦しいからとにかく早くここを出たい、とか考えていた。

　表に出ると、どうしても考えが母のことにいった。最近母は、同じ年頃のほかの女の子たちと私だけ違っている、みんなほとんど婚約者がいるかすでに結婚しているのに、というような当てつけを、再三臭わせたのだ。親戚を通して持ち込まれてくる縁談をなんでみんな断ってしまうのか、私のかたくなな態度は理解できないとさえ言ったこともあった。私のほうこそ、タシャレジがどうしてそんなことを言えるのか理解できなかった。重要なのは将来の仕事だ、男の子にとっても女の子にとっても唯一大切なことは自分の人生を自分で切り拓くことだ、と私たちにずっと言い続けてきたのに。たしかに、私は人生を自分で切り拓いていると豪語するわけにはいかないが、どうして婚約者がその役に立つのか、さっぱりわからなかった。

私がほんの幼い頃から、タシャレジは職業上の野心にあふれていて、仕事に熱中すること以外何も眼中にないようだった。自分にとっては職業がすべてだ、といつも言っていたし、仕事を成し遂げるためにしゃにむに頑張る姿をいつも目の当たりにさせられてきた。常に自分を有能に見せようとし、いつでも明確な目標を掲げていた。私に学校の勉強を一生懸命やらせるために、夫の稼ぎに頼って生きる女性たちを口汚い侮蔑の文句で評し、昔、女性たちが教育も受けられず、資格を取ることもできず、職業にも就けなかった時代のことをうんざりするような大げさな表現で回想してみせたものだ。そんな女たちがどんなに不幸だったか、どんなにがんじがらめに縛りつけられていたか、もうすっかり暗記してしまった。そういうこと一切から抜け出ることができた私の母は、もっとも成功した女性なのだと、私は信じて疑わないようにさえなった。学習完了、っていうわけだ。

だからほんとうに信じられない。大学での講義も持ち、研究もやり、本を何冊も出して、私が生まれてからずっといやというほど私たちに仕事への情熱を見せつけ、自分たちパイオニア世代の女性たちがどんなにすばらしいかを滔々と弁じ立ててきたタシャレジが、三十歳を前にした自分の娘に婚約するつもりや結婚する気配がなさそうだからといって、あわてふためく様子を見せるなんて。そう、結局のところ、母が気にしていたのはそのことなのだから。

そんな母を赦してやろうと、私は考えてみた。暑さや肥満に加え、きっと母が歳のせいで、それまで激しく攻撃してきた生き方を見直すようになったのだ、と。それはちょうど、あのいくらか低俗なもろもろの歌を母が今では好んで聞くようになり、ごきげんで口ずさむようにもなったこととか、以前は意識して絶対避けていた長く音を引きずるようなしゃべり方や諦めいた決まり文句を自分でも使うようになってきたこととか、結婚式や葬式や割礼式などの祝い事を何年もすっぽかしてきたのに最近ではこまめに出るようになってきたのと同じことなのだ。ほかの店のパンは食べられたものじゃない、と言って、家から何キロも離れたエルカムハの店でしかパンを買わなくなったのも同じことだ。タシャレジのこうした自分へのUターンを非難する気はなかった。母の転向を罪だと考えるよりも、母は犠牲者なのだと考えるようになっていた。その成功を支えてきた熱意の源が、今日では沈む夕陽のようにしぼみつつあるのだから。

それにしてもだ。私のことは別。自分がやっている行ったり来たりに合わせて私の人生をとやかく言う権利なんて認めない。私は、母が自分の仮説を検証し調査を完遂するためのフィールドなんかじゃない。それに、私が結婚に突き進むことなんてありませんからね。ちょうどあなたが仕事に突進したみたいに！　私は違うやり方を見つけるの。どういうやり方だか、今はまだわからないけれど。

貸付申請の件で二度目に銀行へ行った日から、私は不安になりだした。通りを歩くときも夜の闇をさまようような怖さを覚えた。母の小言がしつこい病気のように頭から離れなくなった。ノズリの顔もたびたび浮かんできた。その顔が好ましく思えるのは、書類のほうにうつむき、睫毛のカーテンで視線が隠れているときだけだということに気がついた。上に上げられるととたんに、ぶしつけな感じと、逆に人目を避けるような感じとがその視線に現われるのだ。

私は、彼に言われたとおりにその翌日にではなくて、一週間たってから会いに行った。カウンターに彼の姿はなかった。私は直接、広いオフィスに通された。彼は親しげと言ってよい態度を見せながら、前に予告したとおりあなたの薬局は三か月後には開業できますよ、と勝ち誇ったように告げた。ほら、ごらんください、サインは揃いましたし、書類はすべて整っています。今週中にも貸付が可能になりますよ。私は喜びを隠せなかった。すると彼は、ではお祝いをしなくては、と言って立ち上がり、背広を取って、今すぐにしましょうと決めた。

会って三度目のこの熱っぽい陽気な男性と差し向かいでテーブルについた私は、ミントジュースを口にしながら、今このときの幸福、申請がうまく通ったことやこれからの仕事の明るい希望に浸りきろうとした。光に照らされた広い道がなんら阻むものもなく広がり、自分の将来が目の前に伸びているのが見えた。最高の気分だった。ノズリは非常に親切な人物だと思えたし、そう思うのも自然だという気がした。彼が親しげな口調で「君はとても元気そうだね」などと話しかけるようになり、それに「ええ」と答えるのも自然だった。「音楽は好き?」という質問にも「ええ。」そして「また会わない?」という質問には「たぶん、そのうちに」と答えた。それから私は席を立った。

帰り道では、彼の共犯めいたすばやいウィンクも、自信満々の態度も、やや誇張ぎみの笑みも、銀行のカウンターの奥で見せるぶしつけでとらえどころのない視線も忘れることにした。代わりに、睫毛の黒いカーテンが親密な空間を包むように書類の上に降ろされている様子や、それが上に上げられて、私の申請が通りましたと告げるシーンを思い返した。

まるで花束をプレゼントされたみたいだ。とにかく、と考えてみる。私はもう大人なのだから自分の行動は自分で決められるし、この青年とどのように接していくかはこれから少しずつつきあいを進めながら考えていけばいい。私はそう決心した。

薬局の開業までには思っていたよりもはるかに長い時間がかかる。ほかのさまざまな手続きや、いろいろな申請が必要だった。国の薬事審議会、県の諸機関、薬局連合本部、薬剤師組合、不動産屋、地主、薬局の助手や会計係を見つけるための雇用センター、などなど。そのどこでも、待たされたり、何度も出直さなくてはならないことがしばしばだったから、それだけ日にちがかかったし、何週間も取ってしまうこともあった。そのうえ以前ほどは、私も急ぐ気持ちがなくなっていた。ノズリとは時々会ったが、すでに最初の頃の思い入れは褪せ始めていた。私は何か月ものあいだ、ある日はノズリに会い、ある日は薬局開業の計画を進める努力をし、ある日は家で料理をする、といったふうにして過ごしていた。

タシャレジは最近になって料理という趣味を発見したところだ。それまでは、ちっとも料理をやろうとしなかった。イブンと私はそれがいやでそれぞれに悲しい思いをした時期があったが、食べたい料理はお手伝いさんが作ってくれたので、その気持ちをぶつけることもできなかった。だけど心の底では、お母さんに作ってもらった、うちのよりもおいしそうなごはんを食べているいとこたちを羨ましく思っていた。私たち、つまり弟と私は、人生の半分を台所で過ごすのが良い母親とはかぎらないと信じるようになっていたから、不平を口にすることはなかった。でも舌は頭どおりとはいかなかった。ところが今や、である。五十歳をとうに過ぎる頃になってタシャレジはおいしい料理を作るのはつまらないことではないことを発見し、この頃ではなんと、母親にしょっちゅう電話をかけてとびきりのレシピを教えてもらうようになり、名コックだとうぬぼれかねないありさまなのだ。

私はそれとは全然違う。私が料理好きなのは高尚な趣味としてではなくて、料理をしていると不安や気がかりを忘れていられるからだ。材料を選り分け、皮をむき、洗い、切り、詰め物をしたり、さっと焼いたり、じっくり炒めたりしながら味わう野菜と触れ合う楽しさは、私にとっては、自然の素材と出会い、いろいろな物たちとたちまち親しくなれる旅のようなものである。私はタシャレジの授業がある日を選んで、午前中いっぱいを台所で過ごす。午後まで居ることもある。レシピを見ないで、あの材料も使ってみようとか、ほかのあれと組み合わせてみたいなどいった、ふと湧き上がるひらめきや気分だけを頼りに料理を工夫するのが好きだ。あらかじめ決めずに、気持ちのおもむくままに料理をこしらえていくのである。炊事をしながら素材とのふれあいを体験したり自分にはいろいろなことがやれるということを確認できるおかげで、私のなかに、別のことをするのに必要な力も生まれてくる。ノズリに対する気持ちを整理すること、薬局開業に必要な手続きをやり遂げること、気分屋のタシャレジや空威張りのイブンにいちいち腹を立てずにいること、父が病気になりそして逝ってしまったあの辛い思い出がどっとあふれ出すのを抑えること。料理は私を一種の休止状態に置いてくれ、ほっとひと休みの心境にさせてくれる。まるで正体不明の敵との闘いがしばし中断となったような、あるいは、猛烈な火炎を吹きつけてくる機械のエンジンをついに止めることができたような。

午前中を料理で過ごした日には、従兄《いとこ》のソジュランとその妻オセアーヌを夕食に招く。私とソジュランの父親どうしは、双子の兄弟である。彼の父親のほうは存命で、精神科医であり、六十八歳を超えるところだ。私の父は、亡くなって五年ほどになるが、数学の教師をしていた。ソジュランと私は、同じ年の同じ月に、二週間違いで生まれた。身長も同じ、一六六センチだ。私たちは兄妹として、あるいは父親たちのように双子として生まれてきてもよかったはずなのに、と常々私は思ってきた。でも運命は違う定めを授けたのだ。私の喜びや苦しみをわかってくれたのはソジュランだけだ。子供の頃、私たちは大勢で、長いこと廃屋となっていた緑の窓のついた黄土色の建物の中庭に集まって遊んだものだ。どうしてだかわからないが、あの頃一番よくやった遊びの一つは賭けだった。そこに集まってはいつも互いに賭けをやっていた。たいていお金はあまりなかったから、賭けるものとして代わりに考えられたのがビンタだった。賭けに勝った人が、賭けに負けた相手をビンタするのだ。というわけで、誰それがクラスでビリになるかどうか、誰それちゃんは誰それ君に恋をしているかどうか、Xのジャンパーあるいは Y のオーバーは古着屋で買ったものかどうか、誰それの親爺は浮気をしているかどうか、歌手の誰それがレコード大賞を取るかどうか、どれそれのサッカーチームが優勝するかどうか、日曜は雨か否か、などなどといったことにビンタを賭けたのだった。かくしてビンタが雨あられと降り注ぎ、みんなはそのたびにはしゃいだ。だがソジュランだけは別だった。彼は一度もビンタの賭けをしなかった。彼の言うにはその理由は「ビンタをする人は、される相手のことがわかっていない」からだった。おかしな理屈だったから、ソジュランには相手屋さんというあだ名がついた。何年ものあいだ、みんなが彼をそう呼んだ。私は彼が好きで、私のほんとうの兄弟はイブンなんかじゃなくてソジュランだと思ってきた。私が十歳にもなってから、やっとこの世に出てきたイブンなんかではない、と。

青春時代、私たち——つまりソジュランと私——は、自分の秘密の話、恋のいきさつ、どん底の経験まで語り合うことのできる親しい関係だった。私たちはこの世に存在するどんな契約よりも強い絆で結ばれていた。悲しいときにたった一人それを知っていてくれるのが彼で、私を慰めてくれた。すべてが真っ黒にしか見えないときに、ソジュランは私の見たこともないカラフルな色を広げて見せてくれた。だから彼は画家になったのかもしれない。オセアーヌ、つまり彼が結婚することになった若いフランス人の女性写真家に出会い、彼女が撮ってくれる写真を見て、彼は初めて自分がどんな人間かがわかったのだと教えてくれたことがある。オセアーヌの撮った写真は、彼の目を、彼自身の身体、顔、特徴に向けて開かせた。それまで彼は自分に目をやったことがなかったのだから。こうして、彼にぴたりと貼りついていた相手屋さんというあだ名がようやく剥がれた。

私にとっては、ソジュランはいつだってソジュラン、もう一人の私自身である。

4

午後八時だった。イブンが数学の塾から今帰ってきたところだ。今年度になってからクラスのほかの生徒たちと同様、イブンは週に三回、遅く帰宅する。どのリセでも塾通いが競争みたいになっているのだ。

イブンもすぐに私たちのいるテーブルについた。それは、知り合ってから四か月たって、初めて私がノズリを自分の家に招いた晩だった。その日一日私は台所で過ごした。当然ソジュランとオセアーヌは私と一緒に夕食を食べることになった。タシャレジにも頼んで同席してもらった。だけどノズリのことは自分で決める問題だと、私は強く決心していたのだ。なぜ私が母にもいてほしいと思ったのか自分でもよくわからなかった。でも、私はその理由を突き止めたいとは思わなかった。何でも突き止めたい、すべてを知っていると思いたいのは、タシャレジだ。私は違う。私はむしろ父に似ているのだ。私はいつでも目を開いていたいとは思わない。その晩は、口を開いてしゃべることさえしたいと思わなかった。ただ、聞いていたかったのだ。

帰宅したとき、イブンはげっそりした様子をしていた。ソジュランは塾産業の存在を嘆いた。世の空気が荒廃するし、学校の破綻を露わに示すものだという意見からだ。ノズリは違う立場だった。疲れきっていたイブンと、あらかじめ決めたとおりじっと口をつぐんでいた私を除いて、みんなが盛り上がって議論した。話題は絵画と写真に移った。とても饒舌なノズリは、はっきり言い切った――両者の違いは、速度の問題に尽きます。言わんとすることが誰も理解できなかったので、彼は説明した。

「写真はよりスピーディですから、より優れているわけです。時間が勝負ですからね。」

ソジュランとオセアーヌは顔を見合わせた。イブンはぷっと吹き出し、タシャレジは息を呑んだ。私は最初から沈黙を守ることに決めていたので、反応を表に出さないようにこらえる必要もなかった。もしもノズリが意見を引っ込めようとするとか、気まずさを感じているように思われたら、私とて自分の招いた客人のために助け舟を出すぐらいの気にはなったと思う。しかしノズリは休みなく食べては、まくし立てた。彼が口を閉じたとたん重苦しい空気が漂い、ほかの人たちが顔を見交わしながら困惑した様子でいるのがわかった。

九時頃、救いが訪れた。ベルが鳴り、いつもは母が家族の服の直しを頼むときに来てもらうある婦人が、予期せぬ訪問をしてきたのだった。この婦人が夜分に、しかも予告なしにやってきたのは初めてのことだったし、非常に高齢の、おそらくは百歳にもなろうという女性を連れて来たのもこれまでなかったことだった。この老婦人は腰がひどく曲がり三角に折れた格好をしていて、歯はすっかり抜け、目は濡れたように光っていた。オレンジ色の髪を小さな二つの房にまとめて両耳の脇に垂らし、その耳元には金色の長いイヤリングを下げていた。瞳とイヤリングが生命の光を放っていた。彼女のそれ以外の部分は洞窟に描かれた絵のようだった。

もし私たちが出口の見えない袋小路に入り込んでしまったと感じていなかったら、二人の女性がこんな時間にやって来たことはおそらく顰蹙《ひんしゅく》を買ったに違いない。しかしその袋小路から脱出できる望みが二人の女性と共に訪れたのだ。タシャレジはようこそいらっしゃいましたと迎え入れ、席を立って私たちの横に二人が座れるようにしてから、亡き私の父の意志により、我が家の礎石工事をしてくれた後、まもなく事故で若くして逝かれた方の未亡人を、私たちはいつでも歓迎しておりますわ、と言った。

「ご親切に甘えてしまって申し訳ございません」と服直しの女性は答えた。「でも私はもう力が尽きてしまったのです。ここにいる私の伯母を診てもらうのには、あなたさまの義理の弟さんのところで予約を取らなくてはなりません。今日の午後病院の受付に行ってみたのですが、一か月待たなくてはならないと言われました。ところが、伯母が自分を女王だと思い始めてからというもの、女王さまと呼ばないと大声でわめきだす次第ですし、真夜中に家を抜け出て王女《プリンセス》たちと呼んでいる自分の娘と孫娘を探しに行ってしまうんです。私は目を閉じることも、食事をすることも、縫い物をすることもできません。あなたの義弟《おとうと》さんならきっと治してくださると思って。」

姪の脇に座っている病人は、完全に上の空のようだった。老女は、母がその祖母から受け継ぎ、居間の隅の小さな飾り机の上に置かれていた古い銀製の石油ランプを眺めていた。母がソジュランのほうを見やると、ソジュランはうなずいてみせたので、服直しの女性にこう伝えた。

「明日私が義弟《おとうと》に会いに行くことにしましょう。義弟《おとうと》はここにいるソジュランの父親なんですよ。もうご心配はいりませんわ。」

服直しの女性はややかすれた声で簡素に礼の言葉を述べ、私たちが、どうかもう少し居てください、と引き留めたのを断って立ち上がった。ランプに心を奪われている老いた伯母を促すのには苦労していたが、結局二人はやって来てから十五分後には帰っていった。

それなのにまたノズリはさっきの議論を蒸し返そうとした。前に披露したのと同じような説を繰り返していくらかしゃべり、それから銀行について大いに弁じた。私は、以前のある日、書類に目を落としていた彼の睫毛が黒いカーテンとなって親密な空間を包むようだったあのときの感じをまた見ることができないかしらという期待を込めて、ときどき彼のほうに目をやった。ところが彼の顔は今、上がりっぱなしで、その視線は奇妙にも向かいの壁の高いところにじっと据えられているか、あるいは話の相手に注がれているばかりだった。

ソジュランとオセアーヌが先に座を立った。オセアーヌの身長が夫よりも十センチほど高いのに気づいたノズリは、びっくりした様子を見せた。そのあからさまな仰天ぶりは誰の目にもはっきり映った。あやうく口に出して言いかねないほどだった。まったく、彼には気遣いというものがないのだろうか、それとも私の従兄《いとこ》を傷つけたがっているのか？一瞬私はイブンが何か辛辣なせりふで彼の非をたしなめるのではないかと思ったが、弟はノズリの振る舞いの責任は私にあると言わんばかりの憤慨に満ちたまなざしを私のほうに向けるだけですました。それから彼は歌いだした。

私の馬車に乗ってなさるは
つんとすましたお嬢さま

＊＊＊

豪華な祝いの振る舞い物は
ひまわりの種ただひと粒

私の返答はただ沈黙を守ることだけだった。パーティは大失敗だった。ソジュランは戸口で私の額にキスをしてくれた。それは私の父の親族のあいだではよくやることで、私にとっては額へのキスほど、心を慰めてくれるものはなかった。ソジュランは耳元で、気にしてはだめだよ、とささやいた。その言葉がどういう意味かはよくわかったので、大丈夫、と私は答えた。

こういうことなら、ノズリを試験しておくべきだったのだろうか？　彼らの前でノズリがどんなふうに振る舞うかをあらかじめ探っておくべきだったのだろうか？　そもそも彼らにノズリを気に入ってもらう必要があったのか？　私の答えは、もちろんノーだ。彼らとノズリのあいだに越えがたい溝があることはわかっていた。でも、違いに耐えるこの試練にどこまで自分が持ちこたえられるのか、私はただ見てみたかったのだ。

従兄《いとこ》とその妻が帰って、ノズリは大きな重圧から開放されたように見えた。イブンもすぐに暇《いとま》を告げて自分の部屋に上がった。タシャレジが彼にオーディオセットを買ってやったのは、ひと月ほど前のことなのだが、最近知ったばかりのラップ歌手ツリーポックの曲のなかでもいちばん騒々しいのを上でかけ始めた。私は頑として沈黙を守り続けていたので、母が会話に努めた。彼に両親のこと、母親の年齢、母親は職業を持っているか、彼がどんな勉強をしてきたのか、といったことを訊ねた。タシャレジは常々、人が自分から話すようなことはおもしろくないと考えてきた。そのかわり彼女のほうから、ずばりと質問をして、それに答えてもらうのを好んできた。かくして、公然とであれ、あるいはこっそりとであれ、社会学者としての職業的活動をやすやすと遂行する権利を彼女はいつでも憚ることなく行使してきたのである。とりわけ私が大嫌いなのは、何か新しい出来事や戸惑うような出来事が生じそうなときにも、それを前にして母が見せる落ち着いた素振りだ。母はいつでも老練な術を駆使して、そうした出来事をも説明づけ、レッテルを貼り、分類し、さらに評価を下すのだ。そういう様子に見えないときもだ。だって母は、そういう様子を見せないよう学んできたのだから。私の一生はこれまで、母のおこなう分類と評価をそっくり呑み込むことに費やされてきた。それは全体としてみごとなまでに論理的でとても科学的だったから、母の考えを退けることは難しく、代わりに私は自分自身を捨てるはめになってきたわけだ。

というわけで母は遠慮会釈なくノズリに質問を浴びせ、その答えを聞き、さらに詳しいことを訊ねた。驚いたことにノズリはとてもうまく調子を合わせていた。突然私は、なりゆきで母が結婚の話をほのめかしだすのではないかと心配になった。だがそうはならず、質問タイムは終わって、申し訳ないけれど、終えないといけない仕事があるのでこれで失礼するわ、と立ち上がった。それは母が私のボーイフレンドについて十分明快な考えを作り上げ、人間組織の一覧表――いや、人間だけでなく、地上のすべての動物を含む表かもしれない――のどの欄に、彼の行動や話し方を記入すべきかを決定し終えた、ということを意味していた。母は自分の視野に幸か不幸か飛び込んでくるものに対して、こんなふうにいつでも社会学的にアプローチしてきたのだ。おそらくそれは、母のような社会学者にとってはまったく普通のことなのかもしれない。ましてや、三十年近くのキャリアを持ち、毎年少しずつ自信を高め、少しずつうぬぼれを肥大させてきた人なのだから。そう、今でははっきりわかる。タシャレジの意見や判断が根拠の確かな反論の余地のないもののように私に思えたのは、ただそういうからくりだったのだと。おそらく母は意識せぬままに、自分の視野が自分のやっている学問が有するのと同じだけの広さを持ち、その意見は実験結果などを基礎にしている以上、間違いなく客観的だと私に信じさせてきたのだ。だがそう信じることに、私はしばらく前から抵抗を感じている。ある日私は、母の述べるしかじかの見解がもっとも正しいあるいはもっともしっかりした根拠に基づいているとは、必ずしも認めがたいのではないかと気づいたのだ。だがそのとき同時にわかったのは、すでに遅すぎたということ、母の趣味や色彩が私の身に染み込んでしまっていることだった。私がすっぱいとか苦《にが》いとかきついと感じる食べものや言葉や出来事は、ほんとうはまったく違った味わいを持っていたのかもしれない。私が反感を覚えたり、おかしな人だと思ったりした人物たちは、ただ、母の好みに合わない人たちだったというだけかもしれない、と私は気づいたのだ。

違いに耐える試練、たしかに私はそれを受けてみたいと望んでいた。しかし沈黙の三時間を過ごしてみて、その晩のノズリを題目とするこのテストに、私は完全に落第したことがわかる。もういっぺんやり直したって、同じことだろう。

少ししてノズリが帰った。目が真っ赤だった。私は口に苦い味をかみしめていた。それから二週間のあいだ、彼には会わずに過ごした。薬局のほうの手続きを進めることもできなかった。その二週間、料理もせず、触れていればあれほど幸せを運んでくれる野菜たちに触わることすらしなかった。二週間、ソジュランとオセアーヌにも会わなかった。二週間のあいだ、死んだ父のことを考えていた。

タシャレジは、死は、じっと見つめることのできないものだと私に言って聞かせたものだが、私はまっすぐに見ているし、じっと見つめ続けているし、時々襲ってくるあの息の詰まるような感じをぐっと引き延ばせば指でさわることだってできると確信していた。その、息の詰まる感じは、父が生きていたときからたびたび覚えてきた。そう、父の喘息の発作に居合わせたときとかに。だから、死ぬということに関しては、タシャレジより私のほうが上だった。どういうことか私にはほとんどわかっているから……。細かく教えてあげることはできないけれど。でも、母には言ってやりたい。きわめて社会学的な行動なんでしょうけど、周りの女性たちみんながするのと一緒になって、結婚式にでかけるときと同じ念の入れ方でおしゃれをして、結婚式のときと同じ恭《うやうや》しい話し方をして、服だってちょっと色合いを変えるだけでほとんど同じようなものを着込んで、誰かの埋葬やお別れの会に出かけるっていうのは、まったくもって不謹慎だ、と。みんな、物事をじっと見つめ、しっかりと見届けるのを避けようと思って、そんなことをしているのに違いない。それから母にはとくに、こうも言ってやりたい。あなたが学んだ言葉やしぐさ、あなたの頭に貯めこんだ知識、そんなものは、放っておいても起きる事柄にお墨付きを与えるのにせいぜい役立つだけで、あなたは全然物事をわかってやしない、と。

5

ヤルフェルには同じ歳や少し上の友だちが何人かいた。時々そのうちの誰かが遠くに、つまりイタリアやフランスに出て行ったりした。すると長いこと音沙汰がなかったあとで、家族にお金を送ってくるとか、手紙を寄こすとか、付け髭の親爺がやっている雑貨屋のところに電話をかけてくるとかして、消息を知らせるのだ。電話では、感極まりながら、両親や友だち、近所の人や親戚たちへの挨拶の言葉が送られ、かならず成功して金を手にして帰り、みんなの希望を叶えるから、という約束が繰り返される。そんな言葉を聞いて両親はぼろぼろと涙をこぼし、一方、ほかの人たち、とくに残っている若い者たちの心には、大金をつかむ夢が芽生える。すると突然、彼らのまなざしには、このスクリノの地を覆い、物や人々をくすませている砂埃への嫌悪があふれ出すのである。

それでも居残り組には、寄りかかって時間をやり過ごせる壁がある。時間は飛ぶようには過ぎてくれない。広場や、通りや、村をひとまわりして、結局また、目も心も空ろで、しょぼくれた様子の彼らのもとに戻ってくるのだ。寄りかかっている壁はちっとも動かない。逆に彼らには動きがある。寄りかかりながら、こっちの足で立ったり、あっちの足で立ったりするのだから。そして立っているのに疲れると、腰を下ろし、膝を抱えて座り、じっとうなだれている。あるいは頭を片方に傾けたりして、風向きはどうかなどと思ってみる。ときどき、ぶらぶらと散歩にいく。たまには海まで行ってひと泳ぎする。するとあがったときには身も心もまっさらになる。深く、誇りにみちた海は、彼らを温かく迎え入れて、生きる力を与えてくれるからだ。また時間はいくらでもあるので、ときどきはティアメフまで足を伸ばすこともある。

　今日もまた彼らは壁に背をもたれている。寄りかかりながら右足で立ち、それを左足に代え、それから地面に腰を下ろして、彼らはまわりを眺めている。オリーブの樹と樹のあいだに、あるいは二本のひまわりを使って、あるいは窓と窓をつないで、あるいは釘から釘へと、端を結んだ紐を渡し、しみやペンキの跡の残った着古した衣類を女たちが干す。少女が通ったり、若い女性たちが何人かで通り過ぎたりすると、ちょっとしたざわめきが起きる。美人のダリアが彼らの前を一人で通ることはけっしてなかった。彼らがダリアを見かけるのはごくまれで、それも雑貨屋をやっている父親がいつも脇につき添っていた。彼の付け髭は、この悪がきどもの前を通るときには反射的に唇の上に跳ね上がり、数メートルほど行きすぎてからやっと下に下がるのだった。実は彼は娘のダリアを、最近イタリアから車に荷物を満載して戻ってきたばかりのティアメフの男に嫁がせることにしたところだった。その男の車には、家電製品のほか、大量の衣類や食料、小物や雑貨、皿やガラス製品、装飾品、化粧品や美容の品々がはちきれんばかりに積まれていて、おまけに別荘を建てる計画までも男は持ち帰ってきたのだ。代わりに、もしかしたらいつの日かダリアと……、とひそかに思っていた壁の若者たちのうちの何人かにとっては、希望にぴしゃりと幕が下ろされることになった。ヤルフェルはというと、彼はダリアを美しいとは思ったが、どんな望みも彼の心をかすめたことはなかった。

　穏やかな気候のおかげもあって、小さなスクリノ村の生活のほとんどは戸外で営まれる。まるで家々に壁がないみたいだ。みな等しく貧乏暮らしのなかにいる。仕事がないので、誰も時間を気にしない。お互いの予定ががら空きなのは言わずと知れたことだった。お金がないから、何かをしたり買ったりすることもめったにない。誰が何を欲しがっているか、みんな互いに知っている。隠せることはなく、何でも筒抜けだ。しかし見飽きたことばかりで、しかも、どれもこれも似たり寄ったりなので、とくに話題にすることもない。せいぜい、誰かが死んだり、生まれたり、結婚したりといったことが、村に訪れるいささかの新しい出来事となる。それも、風のない日の穏やかな海のたゆたいそのままに、ゆったりと流れていくのだ。

ところが三か月ほど前、スクリノのような村にはそう起きないことが起こった。アスリヤの息子のヤルフェルがバカロレアに受かったのだ。その年は受験者が、男子六名、女子二名の計八名いて、合格したのは彼一人だったのである。しかも二十歳になったばかりだった彼は、スクリノ村では最年少の受験者だった。誰もが、彼の母親のことを思って神に祈り、哀しみを新たにした。誰もが、彼女の早すぎる死を残念がり、神さまがあと二年生き延びさせてくださって息子がバカロレアに受かる快挙を見届けさせてくださったならば、と嘆いた。父親のほうは、息子のヤルフェルが生まれた一年後にすでに亡くなっていた。

ヤルフェルは母親が逝ってから伯父の家で暮らしていたが、バカロレアに受かったので引っ越さなくてはならなくなった。スクリノには大学がないからだ。首都の大学に登録し、月四十ナルディの奨学金をもらうことになったヤルフェルは、姉のイェッデと同じ町に、二十ナルディの部屋を借りた。

ティアメフは首都から百キロのところにある小さな町だ。スクリノ、フィシュタ、ボシェイといった周りにちらばる小さな村々を従えたこの町は、魚の豊富な海に沿って広がり、銀色に輝く浜辺をもっていた。昔はイタリア人とのつながりが深い町だった。独立までタマーラ・デル・バッロ出身のイタリア人植民者が大勢この町に住んでいて——今みなが言うには——現地民と良好な関係を結び、ともに海を愛して鰯と鯖を好んで食べ、多くのティアメフ人にウナギ漁のやり方を教えてくれたのだ。今日ではその頃の名残はほとんどない。わずかに、ティアメフの中心街に、イタリアン・ジェラートを売り物にしているすてきな菓子店と、入り口にアンジェロ・モニノと店主のうるわしき名を刻んだおいしいピザ屋があるばかりだ。そのほかにはこれといって何もない。しかし、ティアメフの人々の顔には、その昔この地を訪れたコルシカ人やシチリア人とのひそかな血の混じり合いに由来すると言われるあの小麦色の肌や、ひとを惹きつけるあの愛嬌や、茶目っ気のあるあの笑いがあって、今も魅力を添えているのである。

ティアメフの町のとても困ったところは、住民のほとんどすべてが自転車か、けたたましいバイクかを乗り回すことで、わざとライトもつけずに夜中に走り回ったり、怖くないぞといわんばかりに車に突進したりするのだ。右、左と車の前をジグザグに走るかと思うと急に止まったりして、自動車の運転手たちに、ここはモーターありでもなしでもとにかく二輪車の天下なのだからおとなくしていたほうが身のためだ、と思い知らせるのである。夜を支配するこうした名もない暴君どもは、海の香りを漂わせながら、悪魔と化した機械にまたがって予測不可能な気ちがいじみた走行を繰り広げ、ティアメフにやってきた旅行者や夏の避暑客の肝を冷やさせるのである。あっと急ブレーキを踏まされるドライバーたちは、心臓はバクバク、膝はがくがくになってしまうし、衝撃で地面は揺れ、失血早産する妊婦まで出る始末だ。あやうく死にかかって、真っ暗闇なのにしかと地獄を見せられたドライバーたちは、夢中でクラクションにしがみつく。

そこから三キロ離れたスクリノには、旅行者も避暑客も来ない。六十世帯のこの村は、ヤルフェルにとっては、愛にあふれた子供時代の幸せと、いくつも体験させられた死の哀しみと、けっして動かない壁にもたれてただ待つほかはなかった灰色の日々そのものである。

首都で過ごした一年目、ヤルフェルはこの大都市での生活を観察吟味した。部屋代と交通費を払うと、もうほとんどお金はなくなってしまったが、嘆いている暇はなかった。勉強に励んで、新しい世界へ目を開いた。二年目は奨学金がもらえなかった。姉のイェッデとスクリノ村の伯父が部屋代を払ってくれた。その頃から彼は、落第の心配をしたり、親戚の世話になる気まずさに苦しんだりしながら無為の時間を過ごすようになった。

彼にこんな心配や気まずさを忘れさせてくれた唯一の人物が、年老いたハラトだった。ハラトは彼をとても美男子だと言い、このすてきな王子さまならフランスに住んでいる孫娘を——神がお望みくだされば——自分の目の黒いうちに見つけ出して連れ帰ってくれるはずだ、と高らかに宣言した。しばらく前からレモンの樹にしか話しかけなくなっていたハラトは、ヤルフェルが姉のイェッデに会いにくるたびに手を取って中庭の隅に連れて行き、神のご加護を祈り、皇太子との物語、娘の出発、きっと孫娘が生まれたはずだということ、そしてその孫娘は今むすめ盛りのときを迎え、蜜のように甘く、ピンクのカーネーションのように芳《かぐわ》しく、その深緑の茎のようにすっくと身を伸ばし、昼の光よりも白い肌と夜の闇よりも黒い髪をきらめかせているに違いない、と語りかけるのであった。苦行僧のように痩せたヤルフェルは、金色の砂のようなまなざしと日に焼けた赤銅色の肌の奥で、まずダリアを思い浮かべた。それからハラトの孫娘は、もしほんとうに存在するならだが、ダリアよりもっと美しいに違いないと想像した。

しかし首都と大学はヤルフェルを観察吟味したあと、冷たい視線を全身に浴びせ、追い出しにかかった。実際、この大都市と大学には彼の居る場所はなかったのだ。ハラトの心のなかに彼が占めた場所は大きかったが、それで残りの問題が帳消しになるわけではなかった。生活の困窮に苦しむイェッデ、ぐうたらなその夫、そしてお金も将来の展望もない自分。彼はスクリノのことを、ティアメフのことを、そして海の向こう側に行った人たちのことを考え始めた。

6

今朝、私はソジュランとオセアーヌに会いに行くことにした。夜のあいだ、私は夢を見た。自分がベッドで息を引き取るところで、見守ってくれる人は誰もいない。ノズリにまた会おうと決心するが、その一方できっとそうしないだろうと確信してもいる。その夢のなかで私は、彼を家に招待して彼のあんなひどい面を家族に見せる機会を作ってしまったことを後悔した。またその一方で、それが彼のほんとうの素顔を私が発見するための唯一のチャンスだったとも思った。私はどうにも途方に暮れていた。気持ちよさそうでもあり、だが命の危険もある海を前にして立ちすくむ人のように。薬局を開きたいという気持ちはいつしか失せていた。父の喘息のことを考えた。父がハンカチを口に当てて咳き込んでいる姿が目に浮かんだ。ああやって独りで死に向かって行ってしまった。すると私はもう息ができなくなってしまうのだった。

それで朝、悪い夢のシーンをまだ頭に残しながら、従兄《いとこ》が家に居てくれることを願いつつ家を出た。まだしっかりと目の醒めていないオセアーヌがドアを開けてくれ、ソジュランは朝六時にアトリエに行ったけど、一時間もしないうちに帰ってくるだろうと教えてくれた。

「入って」と彼女は言った。「温かいコーヒーで少し元気を出して。」

よっぽどひどい顔つきをしていたらしい。

コーヒーを淹れてくれているあいだ、私はアルバムをめくり始める。彼女の撮る写真はすごい。いくつかの写真は、沈黙がすみずみまで行き渡り、無限に遅い時の流れを感じさせる。不動の世界だ。ノズリが言ってみんなを白けさせたあの速さなんて、みじんもない。また、ものすごいスピードのすさまじい動きを捉え、それを固定し、不動化した写真もある。彼女の写真は真の命の物語であり、また、事物が爆発する瞬間である。アップで捉えた老人たちの顔のなかに谷間や山々、平原や丘が無数に写し撮られ、笑いと涙のどちらともつかない感情のゆらぎがあり、人と物とが一つになって探求を始める、そんな写真なのである。

お盆をテーブルに置いた彼女は、思いつめた様子でしばらくためらい、それから口を開いた。

「ねえ、ほかの人たちの言うことが私たちには失礼だと思えることってよくあると思うの。でもその人たちは全然気がついていないのよ。口にした言葉なんてあまり大事ではないんじゃないかしら。」

「オセアーヌ、私が悩んでいるのは、自分がほんとうは何をしたいのかわからないことなの。」

「そんなの、みんなだわ。大丈夫。」

「私はね、自分が人より優秀だって思うのをやめたいの。私って、そういう風に自分を思うように仕向けられてきたような気がする。きっとタシャレジのせいだわ。たぶん知らないうちに母を真似ようとしてしまうのよ。そのたびに、かえって独りぼっちになってしまうの。今度のことだけど、私、ノズリと別れない、って決めたの。ねえ、あの人、そんなにひどい人かしら？」

「ううん。」

私のあの状態では、ほかにどう答えることができただろう。

「でもね、自分が人より劣っているって思うのも辛いことよ」とオセアーヌは言った。「覚えがあるの。昔ね、ソジュランといると、自分が太陽に憧れている蟻みたいな気持ちになった頃があったわ。一緒に暮らして四年になる今だって、あの人は私には立派すぎるからきっと失うことになる、って思ってしまうときがあるのよ。」

微動だにせずこんな告白を口にしたオセアーヌのまなざしには、秘密と悲痛の影があった。それが空気を震わせた。ちょうどそのときソジュランが帰ってきた。私にはオセアーヌが身をこわばらせたかどうか、背筋を伸ばしたか、額にかかった髪をかき上げたか、わからない。それともただすばやく瞬きしただけかもしれない。ともかく彼女のなかの何かが、きりっとまっすぐに立った。あるいは、すっと奥に身を隠した、という感じだったかもしれない。そして、お帰りなさいと彼を出迎えたのだ。これが愛というものなのだろうか。私にはこんな愛し方はできない、と思った。ソジュランにとってはこうした緊張感がたまらなくて、それでいつまでも情熱が冷めないのだろうか。自分が優位に立っているということがわかっているのだろうか。彼は私の額にキスをし、カップを探しに行って、戻ってくると妻の隣に座った。彼女は夫の肩に頭をもたせた。二人の愛は私にとっては、すっかりなじんでいると同時にまったく近寄ることのできない場所のように思えた。彼らが住んでいるアパルトマンのようなところにどんなに自分が愛着を抱いているかを、私は強く感じた。

「ノズリは全然違っているね。」とソジュランは、話の続きみたいな調子で私に言った。

「誰と？」

「ぼくたちとさ。」

「だから？」

「だから、よかったよ。だって彼となら、やっと自分を抜け出せるんじゃない？」

「難しいわ。」

「むしろ実りの多い関係なんじゃないかな。きっとすぐにも自分を抜け出せるようになるよ、なにしろ彼はスピードが大好きらしいからね。」

オセアーヌが、皮肉はやめて、と口をはさんだ。そのあと彼女は席を立って着替えに行き、外出した。

「オセアーヌはぼくに、ぼくがノズリをいやなやつだと思っている、って言うんだ。妹を取られたくない兄のようにぼくが君を自分のものにしておきたがっているから、ってね。

それから、君を奪う男がぼくたちに似ている場合にかぎってなら、ぼくが君を失うのを認めるかもしれない、ともね。それも君をつかまえておく一つのやり方だからって。」

「で、どう思うの?」

「いつもどおりあいつの言うことが当たってたらやだな、と思う。あいつが間違っていたことはないからね。」

「それってあんまりいい気分じゃないんじゃない?」

「そんなことはないよ。でもいつかあいつを失うんじゃないかっていう心配が強くなるね。ぼくときたら間違ってばかりで、いつまでも同じ失敗を繰り返してる。それにこのところ自分の絵が気に入らないんだよ。もしかしたら描くのをやめるべきなのかもしれない。そしたらオセアーヌはもうぼくを愛してくれなくなるだろうな。彼女の気持ちをつなぎ止めておくために、ぼくは自分との闘いをしなきゃいけない。あいつを失うのをいつも怖れてる。自分が捨てられるのも当然だってよく思うんだ。」


彼は自分に向かって話していて、もう私のことには意識がない。悲しげな目つきは、三十分前に出て行ったオセアーヌの影を追いかけているようだ。二人の告白ときたら、まるっきりそっくりで、しかもまったく矛盾し合っている！　私は口に手を当てて、オセアーヌはソジュランを深く思っていて、彼女のほうもまた自分が彼にはふさわしくないと思って苦しんでいるということを、彼に教えないようぐっとこらえる。ぐちゃぐちゃで、どうしようもない。もし私が話してこの誤解を解いてやったら、逆に彼の愛はおしまいになってしまい、つまりは私が彼の幸福を終わらせることになってしまうのかもしれない。だからこのまま二人には、それぞれ、相手の愛は今にも壊れそうだと思わせておき、なんとか護りきるよう頑張らせておいたほうがよいのではないか。これが正しい考えかどうかはわからない。だけど二人の関係に介入する権利は私にはないし、自分が今知ったことをもとに、二人の関係の裏を明かすなんていうことだけはやってはいけない。

それではソジュランのほうは、どういう権利があって介入し、ノズリについての意見を述べることが許されるのか？　この権利はどこからくるのか？　私たちをつなぐ共犯の意識だろうか？　互いを親密に思う気持ち？　それとも私たちが似ているから？　いつもぴったりのタイミングでソジュランがしてくれる額へのキスに私が安らぎを感じるから？　そうではない。ほんとうは、彼自身がそういう権利を持ちたいと思っているから自分で自分にそういう権利を与えているだけなのだ。だけどもうおしまい。これからはそんな権利は認めない。一番いいのは、私の決めることに介入してはいけないと彼が自分で思うようになってくれることだ。だって私は、今からノズリに会いに行くんだから。

私は立ち上がる。頭は混乱したままだ。ソジュランの狼狽したような視線をこらえるのがつらい。彼はほとんど身動きもせず、彼の父親が「女王さま」を診察したこと、それから、少し教えておくべきことがあるのでタシャレジに会いたがっているということを、私に話した。

「今日かならずタシャレジにこのことを伝えてくれる？」

「間違いなく。」

「それから、お直しの人に間借りしている女性の弟のことを訊いてくれるように、とも言っておいてくれる？　オレンジ色のお下げ髪の女王さまは、この青年のことを探して、みんなが寝静まった夜中に出かけるらしいんだ。」

「わかったわ。」

生まれて初めて、私からソジュランの額にキスをした。ありたけのやさしさを込めて。役割が交代したのだ。自分のほうが彼より強いと感じていた。私は今発見したのだ。愛は、分かち合っているときでさえ、謎であり、誤解であり、何かとても不思議なものだということ、だから、いつでもまっしぐらにそれに通じるような道があるはずなどと考えるのは大間違いだということを。しかもこういう不安は、熱烈に魅かれ合っているこの二人にさえ潜んでいるのだ！　愛が安らぎの港だなんて思ってきた自分が、ばかみたいだ。

けっして明るい状態ではなかったが、違いというのは試練ではなく、長い時間をかけて学んでいくものだということを確信した私は、これまでのことを蒸し返したり悩んだりするのをやめて、思い切ってノズリのところへ行くための力を自分のなかに見つけた。帰りの道々、私はダリフ・ラトラシュの曲「心の花」のあのメロディを口ずさんだ。蘇ってくるたびにこの曲は、漆黒の空に星がまばゆくきらめいていた夜のことを思い出させてくれる。その夜、十歳だった私は母につき添ってある結婚式に出かけたのだ。まるでおとぎの国みたいで、夜の色彩が着飾った女性たちのきらめきと混じり、ヘリオトロープやジャスミンの香水と溶け合っていた。そして流れていたダリフのメロディに揺られ、集まった客たちはみな目には見えない幸福の涙を光らせていたのである。

7

最初の頃は、私とノズリの関係は少しへんな感じがした。まるで名無しで生まれてきた子供か、生まれつきのみなし子みたいな感じ、でなければ、存在理由がないとでもいうような感じだったのだ。それから、家でのあの夕食の件があった。そしてそのあと、「心の花」の曲のおかげでエネルギーが湧いて、坂を這い上がり、もう少し彼とやってみようと決めたのだ。するとわりと早く、彼がいろいろ面白い話をしてくれたり、歌を歌ってくれたり、笑わせたりしてくれるようになった。これは、私が世界と真っ向からぶつかる勝負だった。一緒に笑うということ、それは、二人、同じ仕方で物事を見るということ……。笑う楽しみは時と場所を忘れさせてくれる。ノズリのしてくれる話は、探検家の冒険談みたいだったり、謎当てクイズみたいだったり、語り部のおじいさんの昔話みたいだったりした。私はそれまでほんとうに冗談を言ったり、ほんとうに笑ったりしたことがなかったのだということに気がついた。

　話を聞いたり笑ったりする悦びを、私はノズリに結びつけた。ノズリの言葉でなければ、と思い、私たち二人だからこそ、と思った。こうして二人は頻繁に会うようになっていった。何かが打ち立てられ始めた。私は波に身を任せ、運ばれるままに彼のうねりに乗った。以前に比べて、自分の髪が美しくなり、朝は明るさを増し、夢は晴れやかになった、と思った。笑いには魂があるに違いない。そしてノズリには友人たちのグループがあった。みんなでよく集まった。会うと私も笑いころげたが、それはまるで心の水面に泡が広がるような感じだった。笑いは、ささくれやうずく瘤《こぶ》やへこんだところを柔らかく覆ってくれた。とりわけ、悪い思い出を追い払ってくれるすごい力を持っていた。

　たとえば三年たっても消えないあの青年の思い出。ずっと長いこと私が思い続けていたその青年は、ある日、彼の言い方で言うと私の「気まぐれな自立心」を理由に、私を捨てていったのだ。その傷の痛みは、通りを曲がったときや、風景の変わり目、家の敷居をまたいだ瞬間や、本の終わりのページにたどり着いたときなどに、ふと蘇ってきてうずく。それから、ガレノス医学のいやらしい教授のこと。あいつのせいで、女子学生たちは言うなりになるか成績を下げられるかのどちらかを選ばざるをえなくされていた。私は彼に正面切って歯向かい、告発もしたのだけれど、結局彼の授業をボイコットすることに決め、それで一年ダブるはめになったのだ。ずっとその怒りは収まらず、いつか復讐してやるという気持ちを燃やし続けてきた。でも今はこうした思い出も、それからもっとほかのいろいろな思い出も、もう消えてしまったみたいな感じだ。笑いが私の身体のなかに入ってきて、積み重なって層をなす。ちょうど、亡くなった人の四十日目のお菓子に使う、こってりして栄養がある厚いブリコレの葉のように。一つひとつ砂糖と溶かしバターでコーティングして丁寧に積み重ねられていくこの葉っぱは、死と寄り添いながら生きていこうとする粘り強い生のあり方を表わすものだ。

だけどライルの思い出だけはそのままだった。どうしても掃《はら》うことができない。彼は依然として残っていて、力を誇示し、私を苦しめ続け、無慈悲な暴君のように振る舞った。だってそれは化粧で隠せるような類の小さな傷なんかではなく、私が全身で飛び込んでしまった深い溝で、私はそこを自分の秘密の住み処にしてしまっていたのだから。どんなに大笑いしても、そこから抜け出すことはできないに違いない。彼という壁がぐるりと囲んでいるのだから。私はその壁をときには壊そうとし、ときにはやさしく撫で、ときにはこぶしで叩く。でも夜になるとその隠れ家にじっと引きこもる。目を閉じたとたんに現われるその世界は、夜明けを迎え、目覚まし時計が鳴るときまで消えることはない。

ともかく、笑いには魂があるに違いなかった。ノズリやその友人たちといると、私の立つ地面の埃が消え、空に星が満ちた。私は世界と良好な関係を保ち、生きることが子供の遊びのようにたやすくなった。自分が生きているという感じが持てて周りとうまくやる能力だってあると思えるこの場所を失わないように努めた。身の回りにも手間をかけた。それは自分をいわばできるだけ最高の状態に置き、起こりうるよくないことは見ないふりをする、といった具合だった。

その一方で、ノズリのグループに接するようになると同時に、何か場違いなところに連れて来られた気がして、私は初めて自分を守らなくてはという警戒心を持つようになった。秘密の幕が張られているようで、そこに謎めいた人たちの影がちらつき、やたらに裏のありそうな言い方やどこか食い違ったせりふが目立つようになった。なんだかよくわからない色々な当てこすりを前に、私は防御で身を固めなくてはならなかった。衣服のなかで縮こまり、振る舞いも、しゃべり方もぎこちなくなった。怖くなってきた。みんなのしていることがちんぷんかんぷんだった。でも質問することすらできなかった。何を質問したらよいのかもわからない。ノズリは普通どおりに見えた。というより、私にはどうしても奇妙に思われるこの状況のなかに、彼はのんびりと住み着いているように見えた。私はもう自分しか頼れなくなった。

彼が友だちグループを紹介してくれたとき、そのなかにマワルドという女の子がいた。その子はノズリと一番仲のよい青年ととても親密な関係にあるように見えた。マワルドが現われるのはその青年といつも同時で、帰っていくときも一緒だった。二人の瞳やしぐさに恋が読み取れた。何かしっかりしたものを分かち合っているような感じだった。何週間かしたところでマワルドが来なくなり、それで知ったのは、今日明日にもマワルドの彼氏が誰かほかの、私が一度も会ったことのない人と婚約するということだった。教えてくれたのはノズリだ。

マワルドの濃い肌、ベリーショートの髪、丸い眼鏡の奥で光る強いまなざし、そして声、みんなそのまま私の心に焼きついていた。私は驚きがおさまらなかった。彼は困惑した様子だった。やっと彼が言ったひとことは、「結婚って、複雑だからね」だった。

「そうよね」と私は返事をかえした。

それは本心だった。とりわけその二か月前に、彼が結婚のことを考えてみてもいいんじゃない?と訊いてきたときに、私は、まだ自分でよくわからないの、と答えたという経緯があったから。私の返答は彼のお気に召さなかった。それで今彼は、物事を「複雑」だと思う権利は男にあると思っていることを見せつけようとしたのだ。それじゃあ、彼の意見では、女は、選ばれたという幸せをありがたく受け入れることだけで満足すべきだ、というのだろうか。

愛すべきわが町では、たいてい、何でも、結局はわかってしまう。というわけで、ノズリの友人が家族の女たちの勧めるままに、こっちと結婚したほうが幸せになれるとみなが判断した女性を選んだということが私の耳にも入ってきた。

私はマワルドの電話番号を訊ねまわった。なかなか教えてもらえなかったがようやく手に入れることができた。マワルドの母親が出て、彼女はふさぎこんでいて誰とも話さないのだと教えてくれた。何か固まりのようなものが私の喉につまって動かなくなった。グループと私のあいだに溝ができた。もう笑っても空虚が満たされることはなくなった。笑いは私の人生の駆動力ではなくなってしまった。むしろいつまでもやまない不快な音に思われだした。

「たしかに結婚は複雑かもしれない」と私はノズリに言った。「でもあなたのお友だちは、あんまり誠実だとは言えないんじゃない？」

「誠実さの問題じゃないさ。」

じゃあ何なのか、彼の口からは出てこない。

「信頼の問題かしら？」、私から言ってみる。

「それだね。」

中途半端な答え方だった。誰もが互いに警戒している。たぶん女の子が警戒を忘れていると、その分、男の子は出し抜くことを企みさえするのだ。だってマワルドは信頼しきっているように見えたもの。すなおな彼女は、きっと自分の気持ちにまっすぐに従うばかりで、ゴールインのためのうまい作戦としてはどう振る舞うべきかなど考えもしなかったのだ。

「これで学んだでしょう。次はマワルドも違うやり方をするわ。今度はちゃんと用心できるでしょう。しっかり防御できるはずよ！」

私は自分に向かって話していた。ノズリは聞いていていて、肩をすくめて言った。

「結婚って戦争じゃないだろ。」

「じゃ、計算だわ。しかも、みんな互いに、相手からどう計算されているのかを怖れているの。結婚ってそういうこと？」

そう言われても彼にはどうだかわからなかった。私は自分がいけなかったと思った。何かが私のなかでほどけていった。

「タシャレジはいつも、自分が若かった頃は男性と女性の関係はむずかしかったって、私に言ってきたわ。女性は闘って自分の地位を築き、闘って身を守らなくてはならなかったって。でも私、今のほうがもっとむずかしいんじゃないかと思う。」

「おいおい、だから、闘おうっていうわけ？」

「そういうことじゃないの、ノズリ。なんだか油断できないような……。取り返しがつかなくなってからズレがわかるとか。それから、警戒心も、嫉妬もあるでしょ。」

「嫉妬のない愛なんてないよ。」

そう言って彼はあの永遠のフレーズを口ずさんだ。

……嫉妬の思いは

苦しいけれど
その戸を抜けずに
愛は来ない

「私が言っているのは恋愛の嫉妬のことじゃなくて、生きるうえでの嫉妬のことなの。」

「全然わからないよ。」

「残念ね。」

ほんとうは私も、何をわかるべきかよくわかっていなかったのだけれど。

マワルドの件で、前より世の中が見えてきた。この青年たちは女性には二種類いると心得て行動しているのだ。結婚する相手と、それとは別の、つきあうだけの女性と。


こうした態度に強く嫌悪を感じれば感じるほど、そう思いたくないのに、ノズリだって同じかもしれない、と心配になってきた。仲間たちがまぎれもなくとっている物の見方に、ノズリも加担しているとは思いたくなかった。でもこの一団は、彼の活力の大半を供給してくれるエネルギー源だった。仕事仲間であるとともに昔の学友だったり同じ界隈の幼なじみだったりで、若い人どうしでつるんで面白おかしく過ごし、暗黙の約束にしたがって服装や言葉づかいを選び、冗談の言い方も休日の遊び方もお金の使い方も一緒で、同じスポーツや映画や音楽を愛好していた。それが、退屈や孤独に陥らないよう、彼らが見つけだした手立てなのだ。

この人たちといるのは濁った河を漕ぎ進むみたいだが、それでも前へ向かっていられるのはたしかだ。知り合い始めてすぐ、それまで抑えつけていたものを解き放つようにして私は彼らのなかへ飛び込んだ。すると、喜びを求める気持ちが、堰を切ったように湧き出したのだ。いつもだったら押し殺したり目立たないようにしたりしただろうが、顔にも出るままにした。私だって顔の筋肉を活発に動かしたり、表情を露わにしたりしたい。そんな活力がどこから来るかと言えば、それは、私が自分自身の生き方を求めているからにほかならない。

でも彼だって自分の生き方を求めている。それを、どうして止めることができよう。私はあの一団と離れたノズリを想像してみようとした。すると、彼のまなざしのなかに何か迷いのようなものが窺われたし、さまざまな矛盾に引き裂かれつつ自分を探し求める姿が思い描かれた。彼と別れた自分のことも想像してみた。すると以前のような日々が蘇ってきた。空しさ、気だるさ、そして後悔……。ノズリについてあまりにも性急に、しかもただの憶測から判断を下してしまったことに後悔する自分、彼の仲間たちの持つ意見をそのまま彼のものだとしてしまったことを後悔する自分。しかし結局私が想像したようなことは、実際には、彼の顔にも身体にもほとんど読み取ることができなかったし、彼の言葉にも表われず、彼の振る舞いにも見受けられなかった。みじんも！

だけどそこでまたもや違う気がしてきて、自問の連続となる。果たして私の考えは正しいのか？　ノズリは曲がった意見の持ち主なのか？　仲間の連中が作り上げた図式の外に出ることが彼にはできないとほんとうに言えるのか？　でもこうしたことを彼と話す気にはなれないし、ほかの誰にも相談したくなかった。だってそんなことをしたら、つまらぬ言葉を真に受けてしまいかねないから。それに私は人に急《せ》かされるのも嫌いだし、先回りされるのも好きではない。私が欲していたのはただ、止めていた息を自分で吹き返すことだけだ。だからタシャレジにも、ソジュランにも、オセアーヌにも迷いを嗅ぎつけられてはならなかった。それにしてもノズリとの顔合わせがあんなことになるなんて！　でもとにかく私はもう大人なんだし、今やまさに一人で歩を進めていくべきときだ。たとえ暗がりのなかであっても。

ほんとうを言うと、決断を先送りできたのは、自分をこう納得させることができたからだ。ノズリに惹かれているといってもまるきり盲目というわけではないから、彼の真の姿が露わになるときがくれば見逃すようなことはないはずだと。あとで振り返って、危ういなかを生きてきたと思うのも悪くないだろうと。

かくして私は、なりゆきにまかせて騒々しい人間関係につきあっていくことにし、つぎつぎと起こる乱気流の隅に身を置き続けた。ただし、しっかりと目を開けて、風の向きがどうなっているのか見定めることだけは怠るまいとしながら。

8

イェッデが弟のヤルフェルを愛していたことは言うまでもない。自分の誇りだと思っていたほどだ。背が高くて、若さにあふれ、活発で、なんといっても大学入学資格《バカロレア》を持っていて、学識がある。ヤルフェルがスクリノ村を離れて首都の大学に入るためにやってくると、同じ郊外の同じ地区の、彼女の住まいから二十分のところに、すごく小じんまりした部屋を見つけてやった。そして自分の弟にはすばらしい将来が約束されており、そのあとにはすてきな結婚が待っていると信じていた。ところが夫は、ヤルフェルに憎しみと妬みを募らせていた。しかもそれを隠そうとすらしなかったのである。

ヤルフェルは頻繁に姉に会いに来た。仕立屋はどちらかと言えば歓迎して迎えた。そしてハラトだが、ヤルフェルを一目見るなりハラトにとってはまさに天国の扉が開いたのだった。誰もが彼女はもう目もよく見えず、レモンの樹以外にはまともに話すこともできないと思っていた。毎日身体の萎縮が少しずつ進み、何時間も半睡状態でいるのが常だった。しかしヤルフェルが訪れる日には豹変するのだ。足どりが確かになり、四肢の震えもやんで、彼が来たとたん、急いで長い金のイヤリングをつけてくれるように頼むのだった――帰ってしまうとすぐに外すのだが。その数時間のあいだ、ハラトは九十二歳の人には見えなくなる。生き生きとした光が目にきらめき、歓びで全身が輝いた。二人きりでいつまでもひそひそと話にふけり、それがおしまいになると、この次はいつ来るか約束を結ぶ。イェッデが弟と一緒に過ごすのはほんのわずかで、あとはハラトが連れ去ってしまうのだった。

ヤルフェルが首都で暮らしていた期間は、この老女にとっては死と衰弱を先に延ばす猶予期間だった。この青年とふしぎな魔力を発揮する会話を重ねるにつれて、死や衰弱は老婆から遠ざかっていくように思われた。彼女は小さな声でしゃべった。ヤルフェル以外は誰もその言葉を聞き分けることができなかった。仕立屋も、イェッデも、ほかのどの間借り人もだ。一方、ヤルフェルのほうもしゃべった。首都で暮らした最初の頃はそれほどでもなかったが、終わりの頃にはずっと増えた。最後の頃は、ハラトよりもヤルフェルのほうがたくさんしゃべることも時々あった。とはいえ、それは容易なことではなかった。大仰な手ぶりをまじえ、一瞬もやむことなく怒涛のように流れる老女の話の大河を、ヤルフェルはなんとか突っ切ろうとしたものだ。二人の話す様子はときに悪霊払いの秘儀に見えた。ハラトは自分の人生を語った。だがそれは、語る楽しみのためでも、昔をなつかしむためでもなかった。ハラトはずっと過去を追いかけてきたのだが、その過去のなかのつかまえそこねた何ものかをついにつかまえるための助けをヤルフェルに期待していたのだ。過去に住み着いているからこそこんなばかげた望みが出てくるのだが、ハラトはこの青年に絶大な力を認め、そこに賭けていた。彼の美しさ、彼の若さゆえに。希望というのは勝手に芽生えてしまうのだから手に負えない。

アスリヤの息子ヤルフェルは、ハラトと狂気を分かち合う相棒となった。というのも、ヤルフェルも何か幻のようなものをつかまえたいと思っていたからだ。ある日それを人からちらりと見せられて以来、いっときもやむことなく彼はそれを追いかけるようになっていたのだ。後ろへの後戻りと前へ向けての遁走とが出会うことができるのは、地球が丸いから、ということらしい。かくして二つの物語は出会い、二人は何か月かの間、同じ海の上を航行した。乗っている船は違っていたけれども。

ハラトの内側からほとばしり出てくる力は、昔のある時期をめぐる記憶の力だった。ため息混じりに紡がれる言葉は、とうに死に絶え乾涸びた化石のようでもあり、昔の望みを蘇らせる感動的な甦生術のようでもあった。ハラトの言葉は何かを伝えようとしていた。ヤルフェルはそれを自分なりに受け止めることができた。ヤルフェルにも彼だけの幻想があり、すべてがその周りをぐるぐるまわる固定した中心点があったからだ。学年末の試験が近づいていた。一度落第しているので今年失敗したら終わりだ。それは人生を賭けた試験だった。もし失敗したらすべてを失ってしまう。不安に胸をしめつけられ、もうじき自分がなるかもしれない、学位も仕事も住む場所も未来もない姿を想像すると、彼はいつものあの考えの中心点へと逃げ帰り、いつもの幻想に逃げ込むのだった。そこからはまばゆい光が煌々《こうこう》と発し、ヤルフェルは必死でそこにすがりつく。ハラトにはこの光のことを話して、知っておいてもらった。それ以来、青年の目にこの明かりが輝くのが見えると、ハラトにははっきりそうだとわかるようになった。それればかりか、意味付けを与えもした。この光こそ水平線を切り拓くのだ。あそこへ、はるかなあの地へと。

ヤルフェルはスクリノ村とティアメフがどこにあるのかをハラトに一生懸命、説明した。だがハラトが知っているのはただ、メッカが日の昇る方角にあることとフランスが日の沈む方角にあるということだけである。ハラトにとってフランスは孫娘の住んでいる場所、メッカは生きている間に孫娘に会えたら巡礼に出かけるつもりの場所である。

ハラトはいつもこう言って語り始めた。

「今はもう昔のことだけど」

そう言ってから、前に話し終えた続きを語るのだった。

一番最初にハラトは、自分がもちろん女王ではないし、王女でもないことをヤルフェルにことわっていた。だけれども、一度も会ったことはないが自分の血を分けた肉親ゆえにこよなく愛している、自分の娘の産んだ女の子は、ある意味では王の孫娘だと言えるのだと語った。なぜならその母親、つまりハラトが産み、生後まもなく自分から引き離されてしまった娘は、まさに王子の血を、しかも王位継承権を持っていた王子の血を引いて生まれてきたのだから。今はその王位そのものがなくなってしまったし、王子は一度もその座に就くことがなかったわけだが、王位には変わりはない。こうしてうら若い青年を前に九十歳を越えた老女の語る身の上話が、時の闇のなかに繰り広げられていくのだった。

十八歳の春の光もまばゆいある午後、獅子の浴場から近所の女性と一緒に帰ってくるときに、額のバンドからずれたベールの乱れをついそのままにして、ひもがゆるんで歩きづらくなった右足の靴を直しているときに、高貴な身なりの二人の男性に呼び止められたさまを、ハラトは青年に物語った。男たちは、王妃さまが長女の婚約を祝って国中の美しい娘たちに王宮の門を開いているので、自分たちの馬車に乗って領王の宮殿をひとめぐりすることを承諾してもらえまいか、と訊ねてきたのだ。

「私は喜んでお受けしたのよ」と、美しい物語にすでに浸りきった様子で、ハラトはヤルフェルに語った。「宮殿に着くと、料理女の一人が私に目を留め、幼い頃にご近所だったのですぐに私とわかったのね、不審な様子で近づいてきたの。そしたら男たちはこの女に『シドナの眠り番をする娘です』と答えたの。女の目に怒りが走るのに気づいたわ。でも理由はわからなかった。私はまだ若くて、ただ王宮に入れたのが嬉しくてしょうがなかったのよ。それに、だって今とは別の、昔の時代のことですもの。私はずっとあとになってからようやく知ったのよ。しつこく迫られていた家々では日頃から娘たちに注意を言って聞かせ、王子の手下の男たちが来ると娘を隠したり、聖者廟や修道場《ザーウィヤ》や慈善団体の施設などに押し込んでかくまってもらったりもしていた、ということを。夫を亡くした女たちが護っていて男性は絶対近づけない旧家の遺体安置所に隠したりもしたんですって。」

ハラトは語るのをやめて、しゃっくりやら、咳やら、ため息やらを物語につけ加え、それからまた続けて話すのだった。

「まるで時計を解体しては組み立て直して楽しむみたいに、皇太子は女たちをおもちゃにして戯れるのが好きだったの。女遊びは皇太子にとって毎日おなかがすくのと同じようなものだったのよ。あれは王子さまの弱点でもあり、情熱でもあり、病気でもあったのね。取り憑いてどうしても治まらなかったの。うまく逃げ出した女もいれば、二日か三日留め置かれた女もいたし、もっと長く居ることになった女もいたわ。手下の男たちがひっきりなしに娘を王子のもとへ連れて来たのだけれど、皇太子妃のゾエイダ王女がそれに気づいてしまうこともときどきあって、そうすると王女はまるで拷問にかけられたみたいなすごい叫びを上げ始めて、窓からいろんな物を投げたり、床に投げつけて粉々にしたりしたものよ。運よく私は一晩王子と過ごしただけで、次の日には、私が連れてこられたのを見ていた料理女の手引きで明け方早くに逃げ出すことができたの。」

ハラトはまたここで話をやめて一息いれ、今度はタバコを一服し、くしゃみをして、耳元にゆれるイヤリングをいじって打ち明け話をしばし中断した。それから再び話しだした。

「母は王子の手下の者たちが追いかけてこないように、その日のうちにすぐ、首都からずっと遠い辺鄙な田舎の村に住んでいる叔母のところに私を預けたの。王子さまは自分から追い払う前に娘たちのほうが逃げ出すのを嫌っていたからね。九か月後、私は女の子を産んだのだけど、娘はすぐに私から取り上げられてしまって、叔母は首都に住んでいる子供のない自分の息子夫婦のもとに送ってしまったの。未婚で妊娠して子どもを産んだ若い女は呪われ者なのよ、ヤルフェル。もう、生きた人間扱いをしてもらえないの。命は奪われないにしても、地下に葬られたまま生きるのよ。実際には地下に葬る代わりに、私は出産後数か月すると、奥さんを亡くしたばかりの、ろくに目も見えない、病気の老人に嫁がせられたの。ほんの小さな土地に何頭かのヤギと羊を持っていただけで、お迎えがくるまでのあいだ面倒をみたりつき添ったりしてくれる人が誰もいない男だったの。お迎えはなかなか来なかったわ。でもとうとう彼が亡くなってね、私はそのちっぽけな土地を売ったの。私がただ一つ望んでいたのは、娘に再会することだった。夫が死んで二年後に首都にのぼったわ。皇太子は王位に就く前に死んでしまい、王制そのものがなくなっていたわ。娘はもうじき二十歳になるはずだった。会おうとしたそのとき、娘は養父母が選んだ男を拒んで外国人の男と一緒にこっそり国外に発ってしまったところだ、と教えられたの。私には娘を追いかけてフランスに行くだけのお金がなかった。けれど、娘の消息を少しでも知りたくて、ずっと人に訊ねたり調べまわったりし続けたのよ。それでわかったのは、娘は幸せにしていて、あっちでね、カーネーションの香りのする蜂蜜のように甘い娘を産んだということだったの。」

ヤルフェルが帰ろうとするとハラトはなんとか引き止めようとしたが、やっぱり私も疲れたし、この次にまた会うことにしたほうがよいわね、と言うのだった。そしてまたの折になると、ハラトの思い出話は、そのつど別の土台の上に建てたエピソードのように繰り広げられ、そのつど別の山の水源からくる河のように流れた。物語のなかに蜂蜜の甘さの孫娘が登場すると、それまでとは違って、ハラトの口から語られる皇太子は、もはやそれほど邪悪な人物ではなくなり、自分の欲望を満たすことに狂ったように取り憑かれ、手下の警備隊員を使って餌食を捕まえては春を奪い、汚し、だまし、傷つけ、そして飽きてしまうと投げ捨てる男ではなくなった。それは何より自分の娘の父親であり、王子だった。「ほとんど国王さまと言ったっていいわよね、ヤルフェル?」「もちろんです、ハラト。」そして夢と区別のつかなくなった老女の記憶は、すっかり色合いを変え、とりどりのさまざまな色彩をつけ加えた。どうしてたった一晩この王宮で過ごしただけなのに、あちこちを訪ねることができ、王子を満足させ、叫びを上げて失神し、ゾエイダ皇太子妃のわめき声を聞き、東洋の麝香のかおりをかぎ、シャンデリアや鏡や骨董、いろいろな大きさの櫃《ひつ》、あちこちのナイトテーブルの上に無造作に置かれたままの金のたばこ入れ、大きな肖像画の数々や絨毯などを眺めてまわり、それから夜明けに逃げ出すことができたのか、とヤルフェルは不思議に思った。ほんとうのところを言えば、そんなことは難しそうだった。しかし今では、王宮で過ごした運命の数時間は、ハラトの頭のなかでは真夜中の太陽に照らされているかのように輝きわたり、超自然のものになったかのようであった。ハラトはもはや目をこすることすらしなくなった。つかみどころのない亡霊のような思い出が次から次へと湧いてきて、ハラトはそれを、しっかりとした言葉とおぼつかない身ぶりを使って延々と描き出し、物語り、その正体をつかもうとし続けた。ヤルフェルは、ハラトが物語ることはなんだかテレビで放映される歴史ものと言われる映画にとてもよく似ているような印象を持った。金やら宝石やらで飾り立てたターバンを頭に載せたいかにもの登場人物たちが、往時の国々の支配をめぐって手を結んだり戦いを交えたりする、あの手の映画だ。もちろん、ヤルフェルはハラトを信じていた。ハラトと王子との物語がほんとうであることを疑っていなかった。ただ背景があまりにもテレビ映画に似ているのには驚かざるをえなかったのだ。しかし結局それもよくあることに違いない、なぜなら——「過ぎ去ったいろいろな時代の様式はどれも似かよってますものね、ハラト？」「もちろんよ、私の坊や。」ヤルフェルはハラトを女王さまと呼ぼうとはしなかったが、心のなかではハラトを女王だと思っていた。

一方ヤルフェルの想像力は未来へ伸ばした望遠鏡のように働いた。このすてきな装置は辛いことを隠し、厳しい現実を見えなくして、怒りに駆られたり不機嫌になったりするのを防ぎ、嵐を鎮めてくれる力を発揮した。空気や太陽や波や風を粉々のかけらにしてぐるぐるかき回すこの望遠鏡の先が向けられていたのは、イタリアの岸辺だった。かけらは集まってだんだん小船のかたちになり、貨物船のかたちをとり、商船の姿となっていった。ヤルフェルは船の大きさやトン数を想像し、甲板や船体や船倉や船の機材や積荷や旅客の様子を思い描いた。そしてハラトに、どんな細部も漏らすことなく、いっさいを語った。旅立った友人たちの名前、向こうでの彼らの暮らし、こっちに残っていて彼を助けてくれそうな人たち、どうやってうまく船に忍び込むのか、ランチボートが出されることになっている場所、夜中に上陸するつもりの小さな島の名前……。この望遠鏡を覗くと、視界は良好で見渡すかぎり雲一つない絶好の状況が見えるのだった。海はきらきら輝いて彼に励ましのウィンクを送ってくれ、彼がすんなり乗船に成功し、沿岸警備隊も見張りもぜんぜん厳しくないことを約束してくれているようであった。

かつては試験に失敗すると、自殺が考えられたものだ。今日では、にわか仕立てのボートや、抜け道、作戦、密入国手配人、共謀者のことを考えるのだ。ハラトの記憶とヤルフェルの想像は一緒になって、目には見えない波のリズムに乗った一つのダンスを作り出していた。ちょうどパートナーどうしのステップがみごとなシンメトリーを描く舞踏のようであった。そこには取り止めのない空想があり、さらにまた、示し合わせた謀《はかりごと》があった。海の向こう側へ発ったら、もちろんヤルフェルは、蜂蜜の甘さとカーネーションの香りをまとい肌は日の光よりも白く髪は夜の闇よりも黒い王女、ハラトの孫娘を探すことになっていたのだ。青年はオレンジ色のお下げ髪の九十を越えた老女にそれを約束し、老女はまるで子供が母親の言葉を信じるようにそれを信じた。こんなふうに九十歳を越えた老女の狂気と二十歳の青年の狂気とが交じり合うのは、たぶん、時間というものが永劫回帰を繰り返すからに違いない。

イェッデの夫は義理の弟を嫌っていたから、ヤルフェルが首都で過ごした最後の数週間のあいだは、ハラトのほうがヤルフェルのもとを訪ねた。ヤルフェルは勉強に追われていた。ハラトはヤルフェルに会いに行って、彼が一生懸命に試験勉強をしているところを眺め、そのあとで前回の話の続きを二人で紡ぐのだった。

思い出話を再開するまでの、沈黙を分かち合うひととき、ハラトは机に向かう青年の姿をじっと眺めた。もう目はあまりよく見えなくなっていた。それでも横顔や本に集中しているまなざしをぼんやりとはとらえることができて、心のなかで、彼なら孫娘にぴったりの婚約者になり、そして最高の夫になってくれるわ、と一人ごちた。でもそれを言うのは試験が終わってからにしないと、と思うのだった。

9

ノズリの母親に会いに行くために、私は彼と一緒に長い道を何本も歩き続けている。どれも車道の部分がてかてかに光っているが、歩道にはユーカリやブーゲンビリアや、にせ胡椒の木や、花の咲いた月桂樹が美しく植えられているほかに、支柱を立てた看板にさまざまな生理用ナプキンの広告がでかでかと花咲き、それぞれに、ラリスのおかげで女性の毎日は軽やかだとか、ナンノの心遣いでよい香りだとか、ボドスの登場以来もう溌剌だとかと、宣伝文句を競い合って躍らせていた。生理用ナプキンは公共の空間を席巻し、広告のトップに上りつめた。一年もしないうちに、市内電車のホームや鉄道の駅の壁や新聞の紙面や郵便箱に投げ入れられるちらしやバスの極彩色の車体や映画のチケットの裏やサッカー場のフェンスなど、どこにでも目につくようになった。以前は少しも気にならなかったのだけれど、近代化の進歩を声高に叫びまわるようなこの仰々しい広告が、今ではグロテスクに思えて仕方がない。看板の数を数えながらノズリの脇を歩いていた私は歩調を早め、一緒に彼の母親に会いにいくことにしてしまったことを何とはなしに後悔している。だが彼女は私たちを待っている。引き返すわけにはいかない。

歩道にはきっちりと口を閉じた黒いビニールのゴミ袋が等間隔に置かれている。このあたりは、道端に汚物を投げ捨てておくような界隈ではないのだ。元気そうな猫たちが袋を漁り、いっせいに噛みついたり引っかいたりしている。夢中になって爪をビニールに突っ込む様子は、頭の奥深くへと考えを掘り進めるさまを思わせる。あまりにも一心不乱な姿に、つい足を止めて見入りたくなる。私がゼリー状になった食べ物のぐちゃぐちゃに散乱するありさまや車道に転がっていく空き缶を猫たちが追いかける様子やメロンやスイカの皮が繰り広げるダンスを私が眺めて、立ちのぼる饐《す》えた臭いを嗅ぐのを嫌がるように、ノズリは手を引っぱる。目にはまだ混乱した光景を残し、喉には何かが詰まったような感じのまま、私は彼の母親の家の敷居をまたぐ。私が彼女について知っているのは、すでに夫を亡くしていること、四人の息子がいること、余暇に刺繍をすること。ほぼそれだけだ。

彼女は私を温かく歓迎して迎え入れる。その口ぶりはなんだか、ある共犯めいた関係によってこれからすぐに私たちが親密になるはずだと確信しているかのようだ。彼女の立ち居振る舞いがそれを裏付けるような印象を与え、また、年代ものの家具、どっしりとしたカーテン、どちらかと言うときつい感じの眼鏡フレーム、うなじのところで完璧なシニョンに結った灰色の髪、お客を招いたとき用の紺色のドレス、T字型の大広間にかすかに漂うナフタリンの匂い、そしてとりわけ広間の左翼を占領している巨大な刺繍台とそのうえに無造作に投げ置かれた二枚のきらきら光る生地の切れ端が、その印象をさらに強める。ノズリは体調について母親にいくつか質問し、きちんと薬を飲んでいることを確かめる。私たちが着いて十五分もしないうちに、母親は彼に、兄が旅行から帰ることを思い出させ、空港に迎えに行ってくれるように頼む。ノズリはいやがっていたが母親はゆずらない。どうもお手上げらしい。結局ノズリが譲歩する。すると今度は私に、二人の息子が戻ってくるまで残ってそばにいてほしい、と言ってきかない。

ノズリが出て行くと彼女は、息子が私のことを、人生の半分を本を読んで過ごしている変わった女の子だと話していたと打ち明ける。こんな変な仕方で紹介されていたことへの驚きを少しも表に出さないように私は気をつける。彼女は席を立ち、アーモンド水のグラスを二つ持って戻ってきてから、いかにも重大な秘密を明かすような口調でこう言う。

「あなたを引き止めておきたかったのには、わけがあるの。誰にも話したことのないことをあなたにお話ししようと思ってね。」

私は不安になる。しかし彼女は自分の考えに没頭していて、こちらの反応など気にもしていないように見える。

「ご存知だと思うけど、私には四人の息子がいるわ。神様が授けてくださったたった一人の女の子は、かわいそうに、一歳のときに麻疹《はしか》にかかって死んでしまったの。それに哀れなあの子は、一人でゆっくりのびのびと生まれてくることすらできなかったのよ。双子の兄がぴったり横に居座っていたから、私のお腹のなかでも窮屈だったでしょうね。あの子はすぐに逝ってしまったわ。そして双子のうちの男の子のほうが残ったの。それがノズリなのよ」と残念そうに言う。

その不満そうな様子から察するに、この母親は息子のことをそれほど自慢には思っていないらしいし、たいして大事でもないらしい。双子のうちのどちらか一人しかこの世に残れないなら、逝ってしまうのが彼のほうだったらよかったのに、とたぶん思っているのだろう。こう考えて私はぞっとする。

「神様がそうお望みになったのだから仕方ないわ」と彼女は続ける。「四人の息子は誰も読書の喜びを知らなくてね。息子たちの二人の嫁も同じよ。だから私の身の上話を聞いてくれようともしないのよ。私がたった一人で秘密を心に抱えたままでいるのは可哀そうだと、神様があなたを私のもとへ送ってくださったのだと思うの。あなたが読書好きだということをたとえノズリが教えてくれなくたって、私にはそれが見抜けたでしょうね。あなたの右の目の左隅に、それが黒いスパンコールのように光っているのですもの。」

私は自分の左目の右隅をこすってみる。すっかりはめられた私は、彼女が語る、半世紀ほど前の、小説をむさぼるように読んでいた変わった娘が、周囲に反対されながらどんなふうに本への熱愛を生きたのかという、ある青春の物語を聞くことになる。彼女は、自由になる時間は近所の女性が貸してくれる本を熱に浮かされたように夢中になって読んで過ごし、ページをめくりながら息もつまるほどの憧れや感傷や哀切に浸り、登場人物たちの喜怒哀楽や恋の炎や空想や冒険を我がものとし、くる日もくる日も、昼夜を分かたずその興奮に生きたのだ。しかし彼女の母親は少しもわかってくれなかった。家の切りもりの仕方や、手の込んだ料理の作り方や、寝具やテーブルクロスやランチョンマットに凝った刺繍を施すことや、あるいは、シャンデリアや装飾テーブルの埃をはらったり、骨董品や銀製品を磨いたりすることなどを教え込ませようとばかりした。いくつもの求婚話が早くも来始めていたので、彼女の母親は大急ぎでこうしたことを身につけさせなくてはと、急《せ》いていたのだ。

それでね、と六十代の美しいこの女性は語った。私はある作戦を思いつたの。夜にむさぼり読むだけでは足りなくて、毎日少なくとも一時間以上トイレに籠もることにしたの。トイレに籠城して、前の晩に残っていたページをなんとか読み終えようとしたり、夜になったらベッドで次に読むつもりのお話に手をつけたりしたものよ。トイレに隠れているあいだは、母からとやかく言われることがほとんどなかったわ。私が慢性のひどい便秘に苦しんでいると思い込んで、そっとしておかなきゃいけないって思ったのね。

突然、話がやむ。この大事な自己実現の箇所で、こんなふうにぽつんとお終《しま》いになった彼女の話は、結局読書の話だったのだろうか？　私はこの見知らぬ女性を見つめ、その微笑の片隅に、こっそり隠れてまで本を耽読した熱狂の名残りが漂っているのを感じ取る。真珠のような白い肌の奥に、夜中に繰り広げられた幻想や燃え立つ夢の数々が、今でも透かし読める。もしかしたらこの女性は、もう一度若い頃の幻想や夢に火をつけたいと願ってきたのかもしれない。私は、どうやらもう役目は終わったらしいと立ち上がる。ところが彼女は、さらに続けて話しだす。

「結婚してからというもの、ほとんど何も読まなくなってしまったわ。ともかくあれほどの情熱をもって読むことはもうなくなってしまったわね。今は、あそこにご覧になるような布地に、複雑な模様を描いて刺繍しているの。物語は読まなくなってしまったけれど、今度は刺繍して自分で描き出そうとしているという感じかしら。」

今わかった気がする。彼女の話の目的は、私という証人の前で、人生の二つの糸を結び合わせ、小説で読んださまざまな物語と刺繍で描くさまざまな物語の両方を通して、自分の人生の全体を繰り広げてみせることだったのだ。私は少しずつ口をつけてアーモンド水を飲み終えていた。彼女は突然グラスを取って、何か仕事を成し終えたあとのように一気に飲み干す。そして、それきり何も言わなくなる。

ノズリとその兄が着いた。私は帰ろうとする。ノズリが私を送って行こうと立ち上がる。すると母親が私をつかんで部屋の隅に連れていき、小声でささやく。

「この頃夜眠れないのだけど、寝つけないあいだに、ノズリの脇に女の人が寄り添っているところを見たわ。それはね、あなたではなくて、マニュキアをして、ヘアースプレーで髪を固めて、ランプの足元にシェードをくるくる回したようなシルエットの、若い女性だったわよ。」

私を貫き通すような視線を彼女は投げてくるが、その目に私は映っていない。気分が悪くなりそうになる。一刻も早く立ち去りたい。ドアを出る前に、このなかば魔女のような、なかばマドンナのような女は、私に身を寄せてきてそっと耳うちする。

「もし息子と結婚なさらなければ、一年後にまたいらしてくださいね。まだ私は生きているでしょうし、そうしたらあなたにプレゼントを差し上げるわ。」

外に出ると、私はノズリが追いつけないほど足速に歩く。もう薄暗くなっているが、飢えた猫たちや、少し色褪せた生理用ナプキンの皺のよった広告が見て取れる。彼の母親には二度と会いに来ない、と決める。このあたりの通りは嫌いだ。見覚えがある気がして、スプレーで固めた髪やランプシェードのシルエットをいろいろ思い浮かべる。この変わった女が私にくれるというプレゼントって、いったい何だろうと考えてみる。すべてが濃い夕闇のなかであいまいに霞む。それでも、追いついてきたノズリの目のなかに不安と怒りが露わに見て取れる。彼もそれに自分で気づいて目を伏せる。私はそっぽを向く。

「母さんが何か占い師めいたことを言ったんだろう？　僕をどうしても外に出そうとしたのは、君を変な話で引っかけるためだったんだろう？」

「お母さまはいろいろ奇妙なことをおっしゃったけど、どれも嘘ではなさそうだったわ。」

彼は肩をすくめる。あたりはますます暗くなる。空に稲妻が光る。雨が降り出す前に私は早々にノズリと別れる。自分の部屋に戻って、両手いっぱいに月の細い光を集めて窓から外に放り出す。ベッドの暗がりのなかで、何匹も蚊が寄ってきて刺されるが、指で払う気力もない。唱歌の教室と髪の毛がもじゃもじゃの音楽の先生のことを思い出す。なぜか両方の耳を塞ぎながら、私たちに覚えさせようとしてリフレインを歌っている姿が浮かぶ。十五年前、この先生が歌を歌うのにどうして片方の耳を塞ぐのか、不思議に思ったものだ。それから私は、色もなく音もしない際限のない眠りに落ちていく。音楽の先生の両耳のように、私の身体と心は塞がれる。ずっと前から私はノズリのする話が面白く思えなくなっている。彼の母親の話はすっきり明快であると同時に奇妙で不可解だ。私にはこの宣託を解き明かすことができるかどうかわからない。でも宣託には違いない。ノズリは私の人生を袋小路へと追いやる、どうやらそうこの女性は考えているらしい。これまで私は、自分の人生を先まで見据えたことがない。どの方向に人生を導くべきか考えてみようともしなかった。私の薬局はだんだん妄想でしかないみたいになってきた。今、私は森の入り口にいるかのようだ。一本一本の樹の陰に、何か恐ろしい生き物が潜んでいる。ほらそこには、もう会うこともなくなったマワルドの亡霊がいる。彼女が生きていることはちゃんと知っているが、会えなくなったということは、目には見えずとも喪服を私がまとうべきだということではないだろうか。彼女が消えたということは、何かの兆候であるように思える。唯一可能な解釈は、私自身が消えるべきだということだ。それからほらここには、ノズリの母親の亡霊がいる。まるで次から次へと謎を問いかけてくる夜のスフィンクスさながらの。彼女は息子から私を遠ざけたいと思っているようだったけれど、どうしてなのだろうか？　息子のことを憎んでいるからなのか、それとも愛しすぎていてほかの女性に取られてしまうことを受け容れられないのか？　ノズリと別れたらくれるというプレゼントって何だろう？　どうして音楽の先生は、歌いながら両方の耳を塞ぐのか？私にはオイディプスの知性もなければ勇猛さもないのに、スフィンクスは挑んでくる。真夜中に、私は寒気に襲われ、布団を飛び出してダッフルコートにくるまる。

それからというもの、いつも寒くて、いっときもコートを脱ぎたくない。なのに、タシャレジは暑くて暑くてたまらないとこぼしている。外に出れば誰もかれもが恨めしく、家に戻ると、タシャレジが腹立たしい。

10

ヤルフェルとハラトの最後の対談は、いかにも奇妙なものだった。ともに重く暗い心を抱え、気持ちを通じ合わせてはいるが、互いに知らない言語を話す者どうしが顔を合わせ、それぞれ口には出さない言葉にほんとうの秘密を押し込めたままでいる、という感じだった。しかしながら、この口には出さない言葉がなかったら、二人のどちらも存在しなくなってしまうに違いない。二人がこの世にある唯一の方法は、絶対に言わずにただその言葉の周りをぐるぐるまわることなのだ。

実はヤルフェルの心はハラトから離れたところに、ずっと遠いところにあった。まるで、恋に落ちた男、神秘の世界に生きる男、長たる男、気の触れた男の心持ちさながらだった。しかしヤルフェルは誰に恋していたわけでもなかった。付け髭の雑貨屋の娘にも、また——ほんとうにいたとして、計算が間違っていなければ、祖母であるハラトが信じているように二十歳ではなく五十歳近くになるはずの——ハラトの孫娘にも。また、人知を越えるものに惑わされたり、超自然的な事柄に取り憑かれたり、情熱の虜になることもいっさいなかった。軍団を率いていたわけでもないし、運動を指揮していたわけでも、部族の代表だったわけでもなかった。それにまた、どの医者にかかっても、憑きものだの心神錯乱だのの兆候はいっさい見出されなかった。しかしながら彼の精神はとうに、はるか彼方に行ってしまっていた。しばらくのあいだ彼は天空のなかに、試験合格の日に開かれる王国の扉を探していた。だが結局、扉は開かないと諦めざるをえなくなった。そこで彼の精神は、今度は海のほうへと向かい、大海原のなかを船が波頭を切って進むさまを思い描くようになった。

ヤルフェルが最後にハラトに会ったとき、ハラトの姿を眺めその言葉を聞きながら、彼は自分が彼女を見ても聞いてもいないことに気づいた。しわが刻まれ、オレンジ色の髪の房で後光のように包まれたハラトの顔は、ヤルフェルの心のなかでは大きな海鳥に変わり、それから、満艦飾の旗をなびかせながらエメラルドグリーンの海を滑るように進む船舶に姿を変えた。ヤルフェルは目をこすってみた。そして立ち上がって出て行った。

もはやヤルフェルを故国《くに》に引き止めるものは何もない。計画は万全だ。先週、倉庫のすぐそばの、大型輸送車が停車するその現場にも行ってみた。毎週水曜、工場の作業員たちがイタリアのメーカー用のバッグやカバンや革製品をこの巨大なセミトレーラーに積み入れる。満杯になると、トラックはこの工場街を出ていくのだ。トレーラーの下には板を括《くく》りつけてある。夜中のうちに、その板の上に身を滑り込ませるのは難しいことではない。このトレーラーの形ときたら、まったくごきげんで、四方の面が下に突き出し地面から五十センチのところまで下がっているのだ。そのおかげで、積み込んだ商品をしっかり支える厚い底床のすぐ下に、人目から隠れた、暗い安全な場所が確保される。ここにじっと潜んでいれば、工場から港まで行くことができる。ヤルフェルが受けた説明によると、そのうえこのルートをたどるのは、ヤルフェルが最初というわけでも最後というわけでもないはず、とのことだった。真夜中にあそこにもぐりこんで、板の上に身を横たえて隠れ、朝までじっと動かずに待つ。すると作業員たちがやってきて、荷を積み入れる。そして、目に見える商品とともに目に見えない人間を乗せて、トラックがうなりを上げて出発する、というわけだ。

板の上に滑り込む前に、ヤルフェルは母親のアスリヤのことをしきりに思った。そして誰にも彼が見えないのに、墓のなかから母だけは彼を見ていてくれると感じ、その母に向けて微笑みを返した。またハラトのことを思い、自分が帰ってくるときにハラトはまだ生きているだろうかと考えてみて、ハラトのために何かすてきなプレゼントを持って帰るぞと決心した。また、姉のイェッデのことを考え、一年か二年して戻ってきたら、あの呑んだくれで乱暴な、ろくでなしの夫とは別れて、自分と一緒にイタリアに来るように言うんだ、と思った。そうして、イタリアで姉にはいい暮らしができるよう取り計らってやり、息子の教育には自分が目をかけてやるのだ、と。それから、実った麦の粒のような、無数の、こまごまとした、さまざまな考えが、矢継ぎ早にヤルフェルの頭を通り過ぎた。

イェッデは相変わらず家政婦の仕事を続けていた。一日に一軒ずつだ。二年前から始めたこのやり方で前より多く稼げるようになったのかどうか、もうよくわからなかったが、身にしみてよくわかるのは、一日の終わりにはぐったりと疲れ、一週間の終わりにはとことん疲労困憊していることだ。やっぱり、弟がやめておけと言っていたのは正しかったのだろうか。でも耳を貸さなかった。息子は少しずつ大きくなる。夫はぶくぶく太り、空威張りするばかり。神様のおかげでやってくる毎週毎週の初めには、きまって、働き始めるぞという約束を口にして、イェッデから盗み取った金で酒に酔い、夜にはイェッデが拒むと暴力に訴えた。たいてい彼女は唇を噛み、指を噛み、シーツや枕で息を殺して、嫌悪の叫びを上げぬようにこらえた。自分の体に爪を突き立てて、女に生まれた不幸を、そしてこの夫を与えられた運命を呪った。しかしある晩のこと、彼はビールでしたたかに酔って夜更けに帰ってきて、大声で怒鳴り出し、皿を割ったりベッドを揺すったりし始めた。彼女は怖くなって、息子を抱き締め、身じろぎもできなくなった。しばらくすると、怒りを露わにした仕立屋が、借家人を二人脇に従えて現われた。一同は男に、「このきちんとした住まいに、もう一日たりとも」留まることを許さない、と告げた。翌日、夜明けとともに仕立屋が再びやってきて、あたしのうちで、今晩またあんたを目にするようなことがあったら、警察を呼ぶからね、と言い渡した。彼は仕方なしに、恨みがましい様子で地面につばを吐きながら、罵りの文句を並べて、出ていった。

その朝、イェッデは仕事に行かなかった。仕立屋と食品雑貨店主とその奥さんにこれからのことを相談し、結局、生まれ故郷のスクリノ村に帰って少し身を休めることにした。弟のヤルフェルだったら何かよい助言をくれたかもしれないが、もう二か月以上も連絡が取れなくなり心配になっていたところだった。試験に落ちた直後、ヤルフェルは一言も口をきかなくなってしまった。一週間たった頃、これからしばらく留守にするからとだけ伝えて寄こした。それ以上何の説明も得られなかった。

イェッデは息子と少しばかりの荷物だけを携えて発つことになった。グラシヤ夫人のところの掃除を毎週木曜日、一年以上も無給ですることで支払ってきた冷蔵庫は、仕立屋に預けることにした。イェッデは目を真っ赤にしながら、首都に戻ってきたら何より先にきっと取りにくるから、と約束し、すぐに戻ってくるから、と繰り返した。仕立屋はため息をつき、こぼれる涙をぬぐうばかりだ。年老いた伯母の健康状態に加えてイェッデが行ってしまうのは、彼女にはとてもつらいことだった。ハラトは、もう誰の手にも負えない状態になっていた。薬もたいして効かない。目を光らせていないと、すぐに家を抜け出してしまう。初めのうちはみな心配し、近所を探したりした。それでも見つからないでいると、一人でひょっこり、よろよろとしたおぼつかない足取りで帰ってくるのだ。前にも増して腰が三角に曲がり、まなざしからは生気が消え、わけのわからない言葉をたえず口ごもっているようになっていた。そのうち、いなくなっても誰も探さなくなった。きっと一人で戻ってくるだろうと、みんな思っていた。

偶然にも、トレーラーの荷台の下にヤルフェルを忍ばせて大型トラックがラ・グレットの港へ向かったその同じ朝、姉のイェッデは息子を胸にしっかりと抱いて、スクリノ村行きのバスに乗り込んだ。溜まった疲れと悲しみは手にしたカバンのなかに押し込んだ。それはセラミンの古物市で買った黒いワニ革の美しい旅行バッグで、イェッデはたいていそこで日用品を調達したのだが、ときどき、掃除に行っている家の女主人たちに出くわすこともあって、そんなときは、奥様方も自分と同じ場所で服を見つけているんだと、なんだか嬉しい気持ちになったものだった。そのワニ革のカバンのなかにイェッデは、一年ほど前に仕立屋が撮ってくれた写真を大事に入れて持ってきた。写真には、レモンの樹のそばで、イェッデと弟のヤルフェルが椅子にかけたハラトを囲んで立っている様子が映っている。ハラトは、すっかりおめかしをしていて、手には扇をもち、顔の両脇にイヤリングを下げ、そのまわりをオレンジ色の髪の房が飾っている。この貴重な思い出の写真がスクリノ村へ帰るイェッデのお供になり、これからは、首都でのすてきな事柄の数々を思い出させてくれることになるはずである。あっちへ着いたら村の人たちに楽しかった出来事を事細かに話してあげよう、とイェッデは心に決める。

11

日に日に、私は寒気に襲われることが多くなる。私の大好きなオーブンや、炊事道具や、野菜たちや、パスタや、チーズと一緒に過ごすことで、ちょっと身体を温められるのではと思って台所に行くのに、そのたびにきまって、指を切ったり火傷をしたり、頭がかあっとなったり、息苦しくなってきたりで、たいして経たないうちに出てきてしまうのだ。あんなに馴染んでいた包丁も鍋もコップも蓋もフライパンもおたまも、前みたいにうまく使いこなせなくなってしまい、台所道具のほうも、私に怪我をさせたり熱湯をかぶせたりと、仕返しをしてくる。このところ、ソジュランとオセアーヌを夕食に招くのもやめてしまった。今はもう薬局のことを考えることもなくなった。ずいぶん前から手続きはほったらかしになっている。まるで、一度開業して閉店にしたみたいだ。うるさくちょっかいを出しすぎたせいで逃げて行ってしまった人みたいに、自分がほんとうに店を開くことができるという考えは、遠くに去ってしまった。ノズリの母親のことが繰り返し頭に浮かんでくるが、謎めいた言葉の意味はわからないままでいる。それから、もうノズリには会わないという決心、これだけはきっぱりしている。あの女が私を息子から引き離そうとしたのは、――娘が死んだのはノズリのせいだと思っている様子だったけれど――その恨みをはらすためなのか、もっと自分の思い描くとおりの人物を望んでいたからなのか、どちらなのか気になってたまらない。でもあの女が頭のなかでどんなものを望んでいるかなんて、どうでもいいことだ。問題なのは私の頭のなかでいろんなとんでもないことが渦巻き、身体からは奇妙な違和感が消えないことだ。最近は、タシャレジが作ったものは全然食べられなくなってしまった。母が料理に凝れば凝るほど、私は口をつけなくなる。新しく発見した料理の喜びを滔々としゃべられるのは最悪だ。このところ食事は、週に二、三回、ソジュランとオセアーヌのところで食べる以外にはとらなくなった。あとは、ダッフルコートのポケットにしのばせてあるアーモンドやピーナッツをつまんですませている。コートは着っぱなし。寒くて。それからいつも船で上下に揺さぶられているみたいに、怒りの発作に突き上げられたり、どうしようもなく落ち込んだりが続いている。あらゆることが私からすり抜けて行く。自分の身体の動きまでも。服を着るのも、着替えるのも、髪をとかすのも、片付けをするのも、欲しい物がある場所をちゃんと見つけたりするのも、うまくできない。何時間も何時間も、ただ、自分に文句をぶつけて過ごすのだ。鏡のなかの自分の姿にうんざりし、すごく大切な持ち物からも私がもう忘れられてしまったみたいな気がして当たり散らしたくなる。

外に出れば、生きている人たちみんなが恨めしい。家に帰ると、タシャレジに向かって沈黙を押し通す。母は、いかにも自分が頭がよくて、知性と才気にあふれていると自信たっぷりの女だ。私はむしろ自分が馬鹿だと思っている。でもそれが誇りだと言ってもいいぐらいだし、この先もずっと馬鹿でいようと固く決めている。だんだんだらしなくなってきて、不平ばかりぶつぶつ口ごもるようになってきた。ときどき自分が、私のおばあちゃん、つまりタシャレジの母親とそっくりだと思うときがある。おそらくタシャレジも、自分の母親と自分の娘はとてもよく似ていると思っているだろう。一人は硬直した過去に生き、もう一人は未来を硬直させて生きているのだ、と。そう、硬直こそ、私の考えでは、タシャレジがもっとも怖れていることなのだ。祖母は八十一歳になったところだ。母は自分の母親のことでとても困っている。しばらく前から凝り固まりだしたある方針をどうにも変えさせることができないからだ。祖母は、とてもお金を持っているのに一銭も使おうとしなくなってしまったのだ。どんなものも、まだ使う、と言って捨てない。掃除の人に来てもらおうとしても、自分としてはどこもかしこもすっかりきれいで、ぴかぴかで、ちゃんと片付いているのだからと、月に一度以上は来させない。降り積もった埃も全然気にならないらしい。それどころか、ところ狭しと並ぶごみやガラクタも一向に平気だ。空になったヨーグルトのカップ、古新聞、ペットボトル、鍵、メガネ、何度も使って擦るところがなくなったいくつものマッチ箱——こういうふうにうまくやると火がつくのよと、子供たち、孫たち、曾孫《ひまご》たちなど、私たちの誰もに教えたものだ——、ボール紙、ボストンバッグの類。それには古着やハンドバッグや靴がいっぱい詰め込んであって、時々中を取り出して見せては、自分には何も要らないこと、とりわけ自分に他の服を買わせようとするなんてとんでもないことを、周囲にわからせようとする。子供たちが、わけてもタシャレジが、自分にお金を使わせようとするのには心底怒っている。ただひたすら金銭を使うことに満足し、眼先を変えることに夢中で、品物を手に入れたり処分したりするのに膨大なエネルギーを消費する生活を、祖母は激しく嫌悪しているのだ。私はと言えば、お金はないけれど、祖母の気持ちがある程度理解できる。ひとがほんとうに一番望むもの、それは所有することができるものではないと思う。それに、私はこっそりと祖母を観察するのが好きだ。祖母の家を月に一度掃除に来る七十歳の女性に話しかけているところを盗み聞きするのだ。掃除の女性が入ってくるなり祖母はコーヒーを淹れて話し始める。いったん話しだすと、息を継ぐ間も、つばを飲み込む間もないようなありさまで、掃除の女性が帰るまで延々としゃべりっぱなしとなる。彼女のほうはほとんど無言で過ごす。ただ黙々と、あっちの床を磨いたり、こっちの皿やフォークを洗ったり、サンダルやハンガーやお祈り用マットや、薬の容器や裁縫の小物、変色した本、扇子などを片付けて、壁際や古い長椅子の上に見栄えよく並べたり、家具のちりをぬぐったり、祖母を怒鳴らせることがないよう注意を払いながらカーテンや虫に食われた何かをそっと揺すったり——祖母は自分のガラクタものの上に埃を静かに積もらせておくのが好きだからだ——、ゴキブリや蜘蛛を退治しようとあちこち動き回ったりする。そのあいだもずっと家の女主人は掃除の女性についてまわって、おしゃべりの嵐を浴びせ続ける。女性のほうは祖母の言っていることがよくはわからない様子なのだが、歯のなくなった口にいつも変わらぬ微笑を浮かべて穏やかに受け止めている。彼女の顔はとても女性的で、妙に男性的な祖母の顔とは正反対だ。祖母は大がかりな掃除が嫌いである。水や洗剤やエネルギーを必要以上に浪費するのが好きではないのだ。そのくせしゃべることには根本的なエネルギーをもっていて、おしゃべりの労力を使う分にはけちけちするところがない。そして朝七時に来て午後三時に帰る七十歳の女友達がいるあいだはずっと、ものすごいスピードで口から言葉をあふれ続けさせる。そのみごとな論理を理解できるのは、祖母の長い人生のこと細かな出来事のすべてを知りぬいている、ただ一人の人間以外にはない。

終わりの二時間、二人の女はそばに座って過ごす。何かちょっと食べて、そのあと祖母がティーポットにとても強くて甘い熱々のお茶をたっぷり容れて女友達の前に置く。彼女はそれを小さなグラスで少しずつ飲みながら、払うことができずに残ってしまった蜘蛛の巣をじっと見つめている。そのあいだ女主人のほうは、聖なる書物の章句を大きな声で朗読する。その書物は私の記憶の一番初めから祖母が持っていたものだ。もっとずっと前からなのかもしれない。祖母は幼い頃、家で、何年も、その暗誦をある導師から教わったというから。いろいろな、たいがいは韻文のかたちの、関連する知識も一緒に習ったそうだ。それらが今、毎日、昼に夜に、祖母の頭に蘇ってくる。祖母の震える唇をついて、あれこれの長いくだりがリズムを刻んで繰り出される。もう誰もが忘れてしまった古くてすたれた何十行もの詩句が、完璧なかたちで出てくるのだ。内容は、神学、形而上学、修辞学、法律、生活の知恵、そしてたぶん性愛の秘伝にまで及ぶ。この完全無欠の叡智の大伽藍が、今や祖母の日常をだんだん大きく占めるようになってきた。それが祖母の頭を働かせ、唇を動かすのだ。思い出と一緒に飛び出てきて、いつも話に添えられる、というか、むしろ思い出のほうが添え物になってしまっている。女友達は、祖母の言うことについていけないまま、一言も口を挿しはさむことなく、ただこのいにしえの甦生に立ち会っている。しかし、間欠泉のように噴出を繰り返してくるものが古い過去であることが彼女にはわかっていて、この過去が完全に表に出たままになり、すべてを侵食し、新しい今には少しも余地を与えないようになってしまったら、自分よりもさらに年配のこの女性のところへ自分が掃除に来ることはなくなり、家は閉ざされることになるだろうということが、彼女にはよくわかっている。

そして私には、掃除は実は口実で、一方の女性が他方のおしゃべりの洪水につきあうためのものであることが、よくわかっている。だが二人のあいだに結ばれたこの暗黙の協定に、タシャレジはみじんも気づかないらしい。

祖母が望んでいるのは何なのか——タシャレジがそれを考えることはあるのだろうか?

タシャレジは、自分が「乾涸び病」と名づけたものから祖母を抜け出させようと必死だ。でも、ああしろこうしろと無理強いしても、祖母が祖母らしく生きることを妨げるだけだと私は思う。私の生き方についてだってそうだ。タシャレジは自分の活力満々のやり方を押しつけようとしてくる。たまにはダッフルコートを脱げだの、利子が溜まるだけだからいまだに開業できないあの薬局のために銀行からした借金をどうにか返済するようちょっとは考えろだの、つまらない男たちとつき合って時間を無駄にするのをやめろだの、みんなと同じようにテーブルに来て食べろだの、少しは将来のことを心配し、しっかり先を見つめろだの。でも将来じゃなくて現在というものの不安で私は手いっぱいで、毎日ありとあらゆる方向からそれを見つめているもののどうにもならないのだということが、タシャレジにはわかってもらえない。私自身にも説明がつかないし、だからといって現在は忘れて将来を見つめるということもできない。ほんとうは、口をすっぱくして母が繰り返して言うように、なぜ理解しなくてはならないのかが私にはわからないのだ。だけど、結局母だって、いったい何を理解しているというのだ？　母ときたら、まるで自分がいつでも大きく目を見開いて生きてきて、世界の秘密をがっちりつかんでいる、とでも言わんばかりだ。けれど私からすると、母は世界のことをたいしてわかってやしない。ただ二つのゆるぎなき信念によって、ああいうすべての態度を支えているのだ。まず第一に、自分の人生経験は終わりにさしかかっているのだから、もうやり直すことはできない以上、自分の人生に間違いがあってはならないということ、そして第二に、自分のなしてきたことの質の高さから言って、自分の人生に間違いがあるはずがないということ。というわけで私まで、母の人生という繭のなかに閉じこもって、母から借りた道の上を、母の指示どおりに進んで行きさえすればいい、とされてしまう。要するに、人生の道は全部自分がよーく知っている、と万事自信満々なのだ。だが母のこういうさもしい自信家ぶりは、私にはおかしな効果を引き起こすことになる。そのせいで私はわざと、母にはわけがわからぬようふらふら彷徨ったり、あからさまに意気消沈した態度を取ったり、何に対してもやる気がない素振りを見せたりすることになるのだ。そんな姿を見て母はますます、私はまだ子供で、だから、自分の賢さに従わせなくては、と思い込む。そんなふうでは、私たちが理解し合えるのは、まだまだ先ってことですね。

それに、今夕シャレジは自分の人生のばらばらになった断片をくっつけ合わせようと苦心しているところなのだ。たぶん、やってのけるだろう。暑さだけはどうにもならないけれど、それ以外の物事はすべて、母にとっては、うまくいくことになっているのだ。物事は結局ちゃんとおさまってくれる。そうに決まっているのだから。昔からそうに決まっていたのだ。母が、父が逝ってしまったことにいくらか関わりがあったのではないか——という考えは、それまで一度も私の頭をかすめたことがなかった。でもしばらく前から私は、夫婦のうちの一方の死については、常にもう一方の配偶者にいくらか罪があるものだと確信し始めた。なぜなら、二人の生活が、片方の配偶者にとって満開に花を咲かせるようなものであれば、必然的に、もう片方にとっては密かな地獄とならざるをえないからだ。すべてはこのもう一方の配偶者の犠牲の上で成り立つ。たとえそれが、このもう一方の配偶者の了解のうえのことだとしても。たとえその人が自ら選んだものだとしても。

タシャレジの黄金の瞳に、憤激や頑迷さが浮かぶことはめったにない。タシャレジは繊細さのかたまりでもある。自分が望むものを前にしたとき、タシャレジは、息を詰め、十分な時間をかけて、それに向けて精神を集中することができ、そして最後にはいつも目標を手に入れることに成功する。長いあいだ母は父に、たえず自分の不安や怖れを打ち明けていた。人生や、死や、成功や、失敗について、それから自分自身やほかの人たちについて。昼だからといって昼が不安の種になり、夜だからといって夜が怖れの種になる。この面では、母が社会学の学位を取ったあの年は、まったくの地獄だった。私は十二歳で、イブンはまだ赤ん坊だった。父は母の悩みをひたすら聞いていた。耳を塞いでしまったらよかったのに。なのに父は、いつだってじっと聞いてあげていたのだ。そのあとで父が問題を組み立て直してみせ、相対化したり、修正したり、明確化したりしてあげると、タシャレジは元気を取り戻し、がぜん、元の自分に返って、自信満々、すっかり立ち直ってしまうのだ。父は、母が助けを求めると、いつも何か答えを返してやらなくてはと思っていた。まずはゆっくりと受け止め、それから母が袋小路を脱することができるように、前向きになれる方策、やる気がでる方法、大きなあるいはちょっとした力が湧いてくる手立てを一生懸命探すのだ。父は苦労の末にそれを見つけだし、そして、みんなハッピーになる。見つけられないなんてことは、たまにしかなかった。そのときには母よりも父のほうが不幸になってしまうのだった。

これから母はどうやっていくのだろう。母が孤独に耐えられるとはとても思えない。頼れる誰か、母が落ち込んだと言えばそのたびに元気づけてくれ、だめになりそうな気配を察して助け出してくれる誰かなしで、母が生きられるはずがない。父の代わりを見つけるのだろうか？　おぞましい光景がまざまざと目に浮かぶ。母と同年代の男がうちに住み着いている、そして私はそいつの首を絞めて殺そうと……。それから父の姿がまた思い浮かんでくる。あいかわらず、母が定めた目標をひたすら見つめる父の姿だ。

父のなかには母のためにわざわざ場所が空けてあった。母がその場所を占めるのをためらうなどということは一度としてなかったし、私の願いとは裏腹に、遠慮してそれを控えるなんて、金輪際なかった。父のなかのあの場所を自分が占有してしまうことが悪いとは、母は全然思っていなかった。だから、もしかしたらいつの日か父自身が、空けておいたその場所はほんとうは自分のための時間であり自分自身の人生であると思えるように、また、自分の呼吸、自分の鼓動、自分の想像力、自分の思考は自分のためのものだと気づけるように、そういう余裕を父が持てるように、その場所を空いたままにしておいてあげるということを母はしなかった。そして父は、自分ではわからなかったのかもしれないけれど、だんだん衰弱していき、一言も自分のことはこぼさずに、少しずつ死へと近づいていったのだ。母が父を死へ追いやったのだとまでは言えない。母は何も気づかなかったのだから。母はずっと前から習慣として、自分を中心に据えていた。小さい頃から私はそれが不思議だった。今では、父が父のなかのあの広大な場所を母のためのものとしたのも、それが父の習慣だったからだとわかる。そして母がそれを全部占めることができるように、父はだんだん身をすくめざるをえなかったのだ。だんだん軽くなっていき、しだいに空気みたいになって、最後には完全に消えてしまったのだ。まるで父の身体が父を見放していくみたいに、父は、世界から、そして父自身から、姿を消していった。母がそれに気づかなかったなんて、そんなことがありえるだろうか？

こう考えて凍りつく。それで指も舌も動かせなくなる。この考えが正しいと思っているわけではない。ただ頭にこびりついて離れない。理屈からすれば、そうなるほかはなかったのだ、と自分でも思う。そしてこの理屈は、世界全体に、過去にも現在にも未来にも、当てはまるのではないかと思う。父が死んで六年近くたって、両親の関係も、そうなるほかはなかったと考えながら思い返している。何事もそうなるほかはないのだから、暑い暑いとまた繰り返し始めた母に向かって、私は言ってやる。お天気のことをぼやくのは不当だ、と。今はお天気だが、前は、何かにつけて父にこぼすことだった。そうやってずっと一生、不当に生きてきたのだ、と。母は青ざめ、私を見据える。私は恥ずかしくなる。矢は命中したに違いない。母は最初一瞬たじろぎ、それから自分を取り戻して言った。心のなかでひそかに苦しんでいたらしいことを私が少なくとも生まれて初めて口に出して訴えたのなら、これからはたぶんそこからうまく抜け出すことができるであろうと。私は硬直して、もう一言もいわない。母がしゃべらそうとするたび、私は昔からの逃避反応を起こす。無言のロボットとなり、自分自身に対して他人のようになる。まるで、目の前に、私のだと言われるものの私には覚えのない、すでに終わった人生を写した映画を見せられているような具合だ。

私は生きている人たちが恨めしい。まるで世の中で一番貧乏であるみたいに金持ちが恨めしく、子の産めない身体であるみたいに子供たちが、重い病気を患っているみたいに健康な人が、狂気に侵された人みたいに頭の良さに恵まれた人が憎らしく思える。

ソジュランとオセアーヌの愛情だって、破綻に終わるのは必至だと思える。本人たちがそれにまだ気づいていないなんてどうかしている。この前、二人のところに行ったとたん、私は偉そうにこんなひどい言葉を言ってしまった。「愛って、持ってもいないものを、欲しいと思ってもいない人に与えることなのね。」すると驚いたことに二人は、おそらくそうかもしれない、だけど持っているものや欲しいと思っているものを与えるのよりはましだと思う、と私に答えたのだ。二人は経験からこの教訓を学んだのだろうか？　ともかく私は、自分を止められなくなってしまい、あなたたちは誤魔化しているだけだ、と言いつのって、篩《ふるい》で太陽を隠そうとした話を持ち出した。するとソジュランは立ち上がって、まず私の額にキスをし、それから証人たちを前にして、天に向かってこう宣言した。「より重要なのは篩であって、太陽ではありません。」突然私は、黄土色のあの建物や、私たちのやった賭けや、私の従兄に相手屋さんというあだ名をもたらすことになった「ビンタをする人はそれをもらう相手のことがわかっていない」というあの言葉を思い出した。私の目に涙があふれてくる。私はビンタをくらったのだ。しかもソジュランは私を相手にビンタを与えておきながら、そのことにちっとも気づいていなかった。オセアーヌは私に向かってただ、少しも食べてないじゃない、と言葉をかけた。

二人は、人づきあいが好きだ。つきあう人たちのことを深く読み取る。人物をこまかに観察して、善良さが目にあふれているとか、いつも逆境に負けないとか、物事に対処するときの行動や考えに無駄がないとか、人生に立ち向かう底力があるとか、と評する。こうして誰もに何かよい面を、ほとんど偉大と言ってよい側面を見出すのだ。二人は、よくない事柄にいつまでも立ち止まろうとはしない。おそらくそうすることを、もう忘れてしまったのだ。二人は、自分たちの芸術や愛にぬくぬくと身を包んでいる。そうして悪天候から護られている。なのに私に対しては、暑くなったと言って、ダッフルコートを脱がせようとする。私にとっては、冷え込む霧のなか、誰もいない街角に裸で立っていろと命じられるようなことなのに。

明け方、電話で目が覚める。夜のあいだは一睡もできず、部屋の壁や物がうっすらと白み始める頃、ようやく眠りに落ちたところを電話のベルが私をたたき起こす。

「一週間前に、ノズリが交通事故にあったの」と、聞き覚えのある声が言う。

私は身動きもせず、一言もしゃべらない。その声は続ける。

「ブスコラの病院にいるわ。重症よ。でもここ数日で危険は脱したわ。快方に向かっているところよ。」

私は何も言わない。声は私の名を呼ぶ。私は「はい」とだけ答えて黙り込む。長い沈黙が続いたあと、また声が話す。

「ノズリは、スプレーで髪を固め、ランプの足元にシェードをくるくる回したようなシルエットの若い女と一緒だったの。」

私は何も言わない。電話が切れる。ベッドに戻り、空を見上げる。

一時間後、また電話のベルが鳴る。ソジュランだ。女王さま、つまり彼の父親に診てもらえないかとタシャレジから頼まれた女性が、自宅から遠く離れた野原で死んでいるのがついさきほど見つかった、と知らせて寄こしたのだ。姪である服直しの女性の家から逃げ出して三日後のことだったという。厚い靄《もや》を透かすようにぼんやりと、腰の深く曲がった姿、うちの古いランプをじっと見ていた険しい目つき、しわの刻まれた顔の両脇にぶら下がった長いイヤリングが思い出されてきた。そして夕食にノズリを家へ招くというとんでもないヘマを私がしでかしたあの晩、彼女が私たちを窮地から救い出してくれたことを鮮明に思い出した。

今ノズリは病院にいる。ランプシェードのシルエットたちが彼に寄り添っている。それにしても、百歳になる女王さまが、野原のまんなかで、たった一人で死んでしまうなんて、いったいどういうことなの?

12

パン屋エルカムハのそばに駐車するのは難しそうだし、店内にはいつも行列ができているので、タシャレジは、少しぐらい歩くのも身体にいいわ、とつぶやきながら、愛車の七〇九を、店から七、八百メートル離れた日陰のところに停める。

今日はいつもより列が長い。けれどひるむことなくタシャレジは行列に並ぶ。というのもタシャレジの意見では、他の店だとどこも、パンにプラスティック臭がするからだ。それにここは店内にエアコンが効いていて、気持ちの落ちつく優雅なバックグラウンドミュージックもかかっている。だから待ち時間は、一服の涼をとりながら休息を味わうひとときとなる。タシャレジはせめてそのあいだ、気まぐれな娘のことを忘れようと努める。このところますます娘の振る舞いや発言は予測しがたいものになってきた。もう、まったく手におえない。やれることはみんな試してみた。厳しくしたり、優しくしたり、はねつけたり、聞き入れてやったり、甘くしたり、怒ってみたり……、どれもこれもだめだった。娘は逆らって、抱えているらしい何か大きな苦しみに閉じこもる態度を四六時中みせ、寒くて死にそうだと言って昼も夜もかたくなにダッフルコートを放さず、食べるのを拒否し、自分の薬局のことを考えるのをやめ、ときどき会いにくるあのノズリという青年のことを訊ねても返事をせず、父親の病気の原因は何だったのかとか、両親の交際はどんなふうに始まったのかとか、母方の親族と父方の親族との関係はどうだったのかといったことを、繰り返し、しつこく訊いてくる。そのくせ、それに対する答えには耳を貸そうとしない。ひとの答えを娘がちゃんと聞こうとしないのは、湧き出る質問の大元に、何か固くかたまりついた確信があるからのように思われる——それが何だかはわからないのだが。こんなわけで、タシャレジはしまいに、こちらは逆にはっきりと、無関心の鉄壁で対抗しようと決めた。常軌を逸したわがままに浸りきっている子供に対しては、大人は、断固要求は却下、という方針で立ち向かうほかはない。でもこういう役まわりは、まったく楽なものではない。娘の身体や心のなかで起こっていることが心配でたまらないのに、表面では平然と無関心な素振りを装うのは、かえってタシャレジを疲労困憊させる。暑さで身体もまいっている。ましてや、この子供が青白い顔をして、ぶるぶる手を慄わせ、視線も虚ろなさまを目にすると、灼熱の火で内側から身を焼かれるようだ。この子ときたら、三十にもなるというのに、まだ自分の道も見つけられないようなのだ。

実のところタシャレジは、息のつまりそうだった車をちょっと離れることができてよかったとさえ感じている。さっき、あの子はたぶん寝たふりをしていたんだと思うわ。きっとそれもあとで、何か突拍子もない質問をしたり、ひとの気持ちを害するようなことを言い出して、もっと私を仰天させようとしてのことに違いない。パン屋のエルカムハには、焼きたてのパンのよい匂いがする。列に並んでいる人たちも感じがよくて上品だ。行列で待つのは、終わりがあっていい。行列待ちの時間は、なんとも優雅で、ほとんど浮きうきするような感じがあって、タシャレジを辛く固い地面から逃れさせてくれる。タシャレジは、立っているのは脚が疲れますでしょ、と老夫婦に順番を譲り、そのあとにも、急いでパンを買いたがっているように見えた七歳か八歳の男の子を先にしてやる。

タシャレジは少しも急いでいない。今やタシャレジは、急がされるのが大嫌いだ。身体を苛《さいな》む暑さが増すからというだけでなく、一生のあいだ急いできて、人生そのものが時計との競争みたいになるほどだったからだ。もう五十年ほど前、小学校の卒業と中学入試の合格のお祝いにプレゼントされた時計こそは、最高に忌まわしい贈り物だった。この時計が、チャレンジ、努力、競争、勤勉へとタシャレジを駆り立てた元凶だったに違いない。この最初の腕時計に始まる何本もの時計が、タシャレジの人生をたえず分刻みで管理し、いつも耳に囁いてきたのだ――まだ復習するページがあるでしょ、練習問題をやってしまわなくては、難問を解きなさい、さあ試験勉強よ、つぎは論文執筆、コンクールでの優勝をめざしなさい、挑戦は受けて立たなきゃ……。それで、眠るひまも息をつくひまもないというありさま。けれどもタシャレジは、もともとは精力旺盛な頑張り屋ではない。むしろ、のほほんとした性格なのだが、本来の自分と闘い、怠惰な自分を拒絶してきたのだ。無理に克服したが、根は怠け者だ。なのに競争し挑戦することが行動様式の基本モードになったのは、小さい頃、女たちが泥沼にもがき苦しんでいるのを見て、自分はなんとしても抜け出したいと願ったからにほかならない。幼いときに見た、ぬかるみを歩き、騒ぎまわる子供たちに手一杯で、無知と無力に浸りきったまま、頻繁に暴力さえ振るう男どもにいやいやながら服従し、すっかり諦めて自分で自分の手足をもいでしまったような女たち、そんな女たちの泥沼にはまり込むのだけは避けたい、と願ったのだ。ほとんど不具同然の劣等状態に女性が置かれていた日々の光景の、あの黄ばんだイメージを、タシャレジは子供時代の思い出のなかに深く刻み込み、時代の流れが消し去ろうとしても守り続けてきた。早くから、そんな泥沼状態に自分は引きずり込まれないようにするのだと決め、絶対に逃れられるように、飛翔の邪魔になりそうなものいっさいを、みずからに禁じたのである。かくしてタシャレジは、自分の怠け心、のほほんとした性格、迷い癖、わけもない憂《うれ》いなどに真っ向から闘いを宣し、まるで強固な帝国を築き上げるように自分の性格を作り上げたのだ。自分自身を攻め上げ、自分の肉体を征服することによって。

娘はこういうことのどれも体験していない。ああいう光景を目にして衝撃を受けたこともない。自分で自分を作り直したり、何度も何度も自分を征服するという必要に駆られたこともない、と、ほとんど残念な気持ちでタシャレジは考える。生まれてきたことにも満足で、ひとりでに何でもうまくいきそうな時代に育って、何の不満もない。今や、若い娘が男友達を家に招くことだってできる時代になった。そうだ、娘に会いに来るあのノズリという青年が、きっとあの子の問題の種なのに違いない、と、タシャレジはまた考える。彼には悪い印象しか持っていないのだ。

五等分に切り分けて底辺が軽く丸みを帯びた三角のかたちをしている、アニスとニジェルをまぶしたお気に入りのパンをかかえて、タシャレジは店から出てくる。車を停めた場所のほうへ、急ぐこともなく向かう。時間がわかるまともな時計すらしていない。というのも数か月前から、時間を気にするのをやめたいと思ってか子供の頃に戻りたいと思ってか、自分の腕時計をはずして、八十代の母親のところからもらってきた、少なくとも二十年ほど前から動いていない時計を腕にはめているからだ。タシャレジが十歳ぐらいの頃に母親がしていたものだと思う。タシャレジはその腕時計が、片隅に忘れ去られているところを見つけたのだ。きれいな小さい四角の時計で、黄ばんだ文字盤の両端から一センチぐらいのところで、少し傷んだ黒い細いベルトが結んである。二本の針はぴったり重なって、正午だか夜中の十二時だかで止まっていた。夜であれ昼であれ、何かが始まり何かが終わる、ちょうど真ん中のこの時刻の謎めいた感じをそのままにしたくて、針は動かさずにしておいた。そしてこの時計を腕につけたのだ。

六年ほど前に亡くなった夫は、精力旺盛な活動的なタイプとはまったく逆だった。抽象的な思索にふけっているのが好きで、分析したり発見したりすることに目がなく、数学や歴史の素養でできあがったような人物だった。物事を知ったり、学んだり、理解したりできさえすれば、あるいはせめて自分の知っていることを他人《ひと》に説明するチャンスがあれば、あの人は幸せだった。職業的には、自宅から一番近いリセで数学を教えることに満足していた。だが病気のために、早期退職を願い出なくてはならなくなったのだ。夫は八歳年上だった。タシャレジが博士論文を準備していた長い年月のあいだ、夫は何時間も一緒にそばにいて、タシャレジが挙げるデータや現象に自分の数学の知識を応用したり、統計をチェックしたり、グラフや図表を作ったりしてくれた。定数を画定したり、母集団どうしや対象グループ間の正確な関係を割り出したりもしてくれた。でも外出は嫌いで、人と交際するのが好きではなく、つきあい下手だった。孤独な隠者だったのだ。時間がたつにつれてますます人との交流を避けるようになっていった。夫にとって人とのつきあいは、だんだんと、彼の世界を傷つけ、平衡をかき乱し、内面の調和をこわすもののように思われていってしまったのだ。

夫がけっしてわかってくれなかったことがある。それは社会生活と人づきあいから身を引いてしまうことで、それに伴う予測不可能なことや情け容赦のないことをすべてタシャレジに任せることになったということだ。数学や読書に引きこもって、めがねの奥で、夫は抽象的な次元の成功だけを考えるのだった。自分の妻が社会学者として成就しているさまを頭のなかでしばしば想像して、なかなかすばらしいことだと満足していた。一方タシャレジのほうは、いつまでたっても手練《てだれ》の戦士になることはできず、ジャングルに一人で放り出されたように感じていた。誤解や悪意、卑劣な策略や薄汚いやり口、そういうものに立ち向かい、耐え、抵抗しなければならなかった。何事にも動じないようにならなくてはならなかったし、また、偶然の事柄にも理屈の通らない事態にも誰かの勝手な気まぐれにもきちんと対処しなくてはならなかった。たびたび起きるびっくりものの昇任人事もすんなり受け流し、あらゆる種類の不公平に接し、誰もかれもが陰でずるをしているのを知るようになり、嵐の際には身を守っているだけではだめだということも学ばされた。こうして重苦しい不安が、まるで一生涯管理していかねばならない厄介な遺産のように、タシャレジのなかに刻み込まれたのだ。

タシャレジはことあるごとに夫に相談した。夫は耳を傾け、味方になり、励まし、責任ある立場を離れたいと言う彼女を熱心に口説いて思いとどまらせ、取るべき道を指南してくれた。けれども腹に据えかねることや悔しいことの連続で、怒りに駆られどおしだった。タシャレジは超然としていられないタイプだった。医者から血圧が高いと診断された日、絶対これは、自分が長を務めている研究所にいる、彼女がマムシたちとあだ名をつけたあの二人の同僚のせいだ、と確信した。そのうち噛まれて毒で死んでしまわないように、彼女は所長の座を降りて、教育に専念することに決めたのだった。

今は、退職まであと二年のところにきた。ようやく同じ年齢の女友達たちと気持ちを分かち合えるようになり、歩いたり、立ち止まったり、しゃべったり、黙ったり、立ったり、座ったり、見たり、食べたり、あるいは咳をしたり、鼻をかんだりするごとに、自分らしい自分を感じることができる。それ以上でもそれ以下でもない自分自身。獰猛な視線にさらされた餌食ではもうない。五十を過ぎた年齢が翼を与えてくれたのだ。たしかに色はくすんでいるかもしれないが、それでも翼だ。それに、まるで謎が解けたみたいに、いくらかの物事がやっと理解できたという気持ちがしている。まるで、人生という名の事件が解明されたみたいに。こうしたことを、混乱のさなかにあり、間違ったことばかりして、そのくせ頑強に自分の誤りを改めようとしない娘に話してみたいと思う。だが娘は母親の言うことに耳を貸す気など、まったくないらしい。

自分が素朴で穏やかな生活を楽しむ時間を持ってこなかったことが、今になってわかる。そんな時間を自分たちが――夫と自分が――持てたはずの昼下がりは、いくらもあったのに。たとえば海に突き出た岬のようなベランダで、二人肩を並べて過ごした午後だとか。あのテラスでの時間は、速い河のようにまたたく間に流れた。右からはバジルとミントが、まるで二人を夢中で愛しているみたいに競い合って香りを送ってきてくれた。左には、銀色に輝く静かなオリーブの樹のとなりに、実をつけない優美な風情の大きなカサマツの樹があって、みごとな丸いシルエットを描き、中には数えきれない細い針のような葉が高慢にツンツンとしていたっけ。そして正面には、ハイビスカスの花が咲き誇っていた。宙に舞うような五枚の花びらは、まわりが白に近く中が真っ赤で、それがひらひらと風に震えている様子は、まるで笑いと涙のあいだを行き来しているかのようだった。すぐ横に座っている夫は、もともと愚痴をこぼすということのない人で、うっすらと微笑みを浮かべ、いかにも樹や花と心を通わせ合っている様子だった。

あの日々のたたずまいが消え失せてしまうことはない。庭も、花も、樹もここにある。けれど雨あがりに漂った、鎮められた埃のまた立ち上る、生命の蘇るような爽快なあの匂いは、もうしなくなってしまった。あの香りをタシャレジは夫が逝ってから嗅いだことがない。ハイビスカスの花さえ、花びらの薄い色とコントラストをなす、まんなかのあの鮮明な赤い色を失ってしまった。タシャレジはもう二度と、あの赤と白のくっきりとした対比を見ることができなくなってしまった。くすんだ絵筆に塗られてすべてが平坦になってしまった。大気のなかには、今では、ただ暑さと、そして沈黙だけしかない。遠いところから――彼女の内側を埋めつくす墓地みたいなものから――やってくる沈黙。ああ、母のように、私の記憶の深いところに、そして私の心の届くところに、章句でできた壮大な絵巻を持っていられたらどんなによいだろう。そのためならどんなことをしたっていい。初めと終わり、生と死、無知と知について語ってくれ、唇をつき動かし、昼も夜も続く沈黙を埋めてくれるものがあったなら。

何かを待っているというわけではないが、それでもヤルフェルは待っている。スクリノ村でやっていたように壁にもたれて、一時間――もしかしたらもっと長い間だったかもしれないし、もっと短かかったかもしれないが――、ヤルフェルは立ち続けている。時間の観念はなくなっていた。他人にも自分にも無関心になっている。何を見ようともせず、何も目に映らない。ところが、十五メートルほど先の反対側の車道に斜めに停めてあるその車が目に入った。考えに没頭していて、来たのは気づかなかった。しかしずっと前から停まっているのではないことは確かだ。というのもさっきは自分の向かいには何もなかったのだから。それが今は水平線に浮かぶワインレッドのしみのようなものをこの車が形作っている。少し前は、水平線はがらんどうで、白く、中性的で、無際限の空虚をなしていた。ワインレッドのしみが、しだいに形を取ってくる。嵩《かさ》を増し、活気づき、彼の頭を占め、稲妻のような速さでさまざまなイメージをめまぐるしく浮かび上がらせる。鋭くとがった角、とげとげの針山、渦巻きなどのイメージ、それらが滝のように頭を襲ってやおら眩暈《めまい》を引き起こし、両手を流れてぶるぶる慄わせ、目に押し寄せて何も見えなくした。車はぼんやりとしている。白っぽい背景に浮かぶワインレッドの妄想。いや、ただのしみの広がりだ。

滲《にじ》んだそのしみのなかに、運転席の窓が下がっていて誰も座っていないのが見える。わかるのはほぼそれだけ。五分間、止まった機械のようにじっとして、遠くからでも聞かれてしまいそうな心臓の高鳴りを抑え、脳髄の緊張を解きほぐす。七〇九のほうへ数歩近寄る。イグニッションキーが挿さっているのが見える。スタートの位置だ。だから、前に一度やるのを見たことがあるように、運転パネルの下のボックスから配線を取り出し、引っ張り上げて接触させてエンジンを始動させるという必要もない。彼は三歩下がり、キーをじっと見る。すべてが揺らぐ。あれを回して、エンジンがかかったのを確認する——水を飲むのと同じぐらい簡単なはずだ。その考えが握りしめた拳のように強く強く固まる。わずかに身を動かす——と同時に閃光が炸裂する。ついに今、取っ手を回す。ドアが開く。シートに飛び込む。キーをひねる。するとエンジンが応える。普通よりも高くきしみ音が上がってどきりとする。

通りを出、界隈を離れ、首都を後にする。走らせる。走らせているとも考えずに、走らせ続ける。考える必要はない。彼は思考することを自分に禁じる。そうでないと、警官に止められるのではないか、故障か事故で止まってしまうのではないか、警報で呼び止められたらどうしようか、などと考えてしまうから。燃料メーターの針は満杯を示している。考えてはならない。ただ車を走らせ、自分の前を見つめ続けなくてはならない。彼はスクリノ村の方向をとる。運転手がキーを挿し忘れたままにした車を盗んだという感覚はなく、ただ、翼を見つけたという感じだ。自分のことを女王さまだと思っている九十代の老婦人のことを思い出す。そして自分も気が狂っていると思う。蜜の甘さの、カーネーションの香りの孫娘について語るときの彼女と同じように、自分も興奮しきっている。そうだ、ハラトの頭に住み着いている若い娘は、孫ではなくて曾孫《ひまご》に違いない、とふと思う。それだったら、実際二十歳か、だいたいその前後ということもありえる。景色が目のなかを流れていく。奇妙な、音のない景色が。

ヤルフェルはとてもスピードを出して走っている。そこへ突然、奇跡が現われる。二十四年の人生のなかで、ヤルフェルだって、こんなふうな素敵なことをいくつか目にしてきた。たとえば、スクリノ村の朝でたまにあったように野原一面が笑っているように見えたとき、大学の暗い廊下で女の子が晴れ晴れと輝く微笑を差し向けてくれたとき、ハラトの夢物語が彼女が孫と呼んでいる永遠の若い娘のことになり、その容姿と心根を事細かに彼に話して聞かせてくれたとき……。しかし今、まったく不意に、目の前に大海原が出現したのだ。まるでガラス吹きの名匠が天と地のあいだに敷いた、巨大なガラス板みたいな海が。こんなことは生まれて初めてだった。まるで死の宣告を受けたあとで生き返ったかのようだ。

彼はスピードをゆるめ、真珠の光沢を放つ青いガラスが、水平線と陸地の二本の線のあいだに広がっているのを眺める。あと五十キロ先にあるスクリノ村へと道を続けたいなら、右へ曲がらなくてはならない。でもそれは無理だ。彼は直進して海へと向かう。海に近づき、海を感じ、海に手を触れなくてはならない。海が今、彼に話しかけたいと欲しているのだ。海が彼を呼び、おとなしく従うと約束している。それから、彼の傷に包帯を巻いてやさしく包んでくれるとも言っている。ちょうど頭と心の交わるところにできた傷を。

タシャレジはゆっくりと車のほうへ歩いていく。日陰の側を歩きながら、何気なくウィンドーを眺めていく。香水店の前を通る。甘美な香りが五感を目覚めさせる。立ち止まり、店に入って、夫が何度かプレゼントしてくれた香水を注文する。店から出ると箱を開け、壜を取り出す。丸いフォルムがしっくりと手になじむ。開けて、魔法の力を汲み尽くすみたいに香りを吸い込む。それからまた歩き出す。亡くなってもうじき六年になる夫と自分のあいだの隔たりを消してくれるお守りのように、壜を掌《たなごころ》に忍ばせたまま。ほんとうに香りほど、いなくなった人を呼び戻す力のあるものはない。タシャレジは夫の姿やそのまなざしに、その腕に、しがみつく。今彼は彼女の脇に寄り添って歩いている。おおむね元気そうで、いつもしてくれたように、話を聞いてくれる。二人の娘が悩みの種になっていることを打ち明ける。無我夢中だった自分を赦してほしいとあやまり、心の落ち着きを取り戻すのを手伝ってほしいと頼む。あなたがいなくて寂しいと、あなたなしで生きていくのはもういやだと、もう一度あなたと一緒に生きたいと、伝える。前と同じくらい、前よりももっと強くそう思っているのだと、ずっとこれから一緒に生きていけたらと。彼の上着の襟を立ててあげ、額にかかる髪の毛を直し、シャツの一番上のボタンをかけてあげ、寒くないように気をつけてと注意する。彼と腕を組んだまま、涙で目を曇らせて彼女は歩き続け、車を停めた場所の前を通りかかる。そこを過ぎてさらに歩き、香水を嗅いで、それから引き返し、壜のふたを閉めて立ち止まり、七〇九を探し、また別の方向に歩く。二回、三回……。ない。壁に背をもたせ、よく考えてみる。駐車したのは間違いなくここ、「エスポワール」は最強のチームだと訴える大きな落書きのすぐ横だったと思い出す。でも車は見当たらない。タシャレジは目をこすり、香水壜を胸に押しつける。まったく理解できない。どうしたらよいかもわからない。壜を鼻に近づけて大きなため息を一つつく。それから突然合点がいく――

「私ったら、きっといつものように車にキーをつけっぱなしにしてしまったんだわ」と彼女は心のなかで言う。「それであの子が隙をねらって乗って行ってしまったのよ。ブスコラの病院に行くのに車を貸してもらえないかもしれないと思ったのね。まったく困った子だわ。」そして続けて考える。「でも赦してやらなきゃ。だってあの子の父親からさっきそう言われたんだから。きっとあの人には、娘が何をしていたかわかっていたんだわ。」

タシャレジは額の汗をぬぐい、香水の壜を握りしめる。そしてタクシーで帰ることにする。

13

神経質に震える手のなかにずっと握りしめていた皺《しわ》くちゃの新聞の切れ端を私は読もうとするが、うまくいかない。あまりにも長いこと眠りのなかにいたような感じで、なかなか目が覚めてこない。車を離れる。何もない浜辺が果てしなく広がっている。その向こうは、海だ。男が一人やってくるのが見える。ゆっくりとした、しっかりした足どりで歩いてくる。男が私の前に来た。上半身は裸で、真珠取りの漁夫みたいに水をしたたらせ、黒い巻き毛を太陽にきらきらさせている。若い男だ。私に手を差し出してくる。

「ぼくの名はヤルフェル。」

一瞬私はためらう。男が手を引っ込めてしまう前に私は自分の手を差し出す。ぶるっと戦慄のようなものが身体に走る。たぶん、おなかがすいているからだろう。もう長いこと、ほとんど何も食べていない。あるいは、この男が奇妙なほど痩せていて、奇妙なほどハンサムで、びっくりした様子で私を見つめているからだろう。

「どこからいらしたの？」

「海から。その前は、あそこに停めてあるワインレッドの七〇九から。あなたは？」

「同じ車からよ。私、後ろの座席で眠りこんでいたみたいだわ。」

「えっ！」

黒い巻き毛の一つからしずくが垂れて、裸足の足に落ちる。男は足元を見つめている。

「私の母をどうしたの？」

「そんな人、一度も見かけていません。」

「でも母の車なのよ！」

「ぼくが乗ったときには、七〇九のなかには誰もいなかったんです。ただ、キーが挿さったままになっていただけで。余裕がなくて、あなたが後部座席で寝ているのなんて、見もしなかったし。」

すべてが理解できた。私は叔父が処方してくれた薬でぐっすり眠ってしまい、タシャレジはしょっちゅうやってるようにキーを挿し忘れたままにしてしまったのだ。で、この青年が車にさっと飛び乗った。後ろで私がダッフルコートにくるまって寝息を立てているのを確かめる暇もなかったというわけだ。私は身体が慄《ふる》えだした。恐怖で？　空腹で？　彼がそれに気づく。

「こわがらないでください。車はお返しして、ぼくは行きますから。」

青年は頭を下げたまま足をじっと見ている。私のほうは、太陽と水で真珠をこぼしたようにきらきら輝く彼の巻き毛や、すっくとした、わずかな贅肉もついていない身体や、当惑したような様子を見つめる。また慄《ふる》えが走る。私はこの慄《ふる》えや、私自身の困惑と闘う。

彼は顔を上げ、しばらくためらう様子をしていたあとで言う。

「一つ質問をしてもよろしいでしょうか。あなたは王女さま、つまりハラトのお孫さん、いやむしろ曾孫《ひまご》なのではありませんか？」

私は目をまんまるに見開く。自分の前にいるのは気の触れた男だから注意しなくては、と考える。あるいは自分が向かい合っているのは海から上がってきた岩で、それが歩いたりしゃべったりしているのかもしれない。しかし相手の目には少しも異常なところが感じられないし、石のような塊でもない。青年は続けて言う。

「ハラトというのはとても高齢の女性です。髪がきれいなオレンジ色なんです。ちょっと女王さまみたいなところがあって。ぼくの親しい人なんです。」

三角に腰の曲がった姿、オレンジ色の髪の房、私たちの家の古いランプをじっと見つめていた険しい目つき、ある晩その姪の女性が私の叔父に診てもらえないかと連れてきた自分を女王だと思っている百歳近くの老女のことが、次々と思い出されてきた。それと同時に、朝早くソジュランから電話がかかってきて、父親の診ていた女性がその姪の服直し女性の家から逃げ出したあとで、たった一人で野原で亡くなっているのが発見されたと知らせてきたことを思い出した。ハラトというのは、彼女のことに違いない。

「私はハラト女王さまの孫でも曾孫《ひまご》でもないわ。ただの、タシャレジの娘。でもあなたの言う女性には思い当たりがあるわ。あなたの親しくしていたその人は、数日前に、野原で一人で亡くなっているのを発見されたのよ。」

立っていた青年が、もろくも砂にくずおれる。顔は蒼白だ。大砲で打ち落とされたグライダーみたいだ。私は自分の言ってしまったことを、どうやったら取り消せるのかわからない。こんなふうにいきなり乱暴に、あの知らせを教えるなんて、なんという野蛮なことをしてしまったのか！　どうしてそんなことを？　彼が母の車を盗み、知らない間に私をここに連れて来たからか？　空腹だからか？　彼が美男子なのに、自分は美しくないと思っているからか？

砂は熱い。両手いっぱいにすくって、指のあいだをこぼれ落ちていくのを見つめる。男は私から三、四メートルのところで倒れたままでいる。時間が過ぎる。私は砂時計の役をしているみたいに感じる。男は顔を上げ、私をじっと見つめる。

「お願いがあるのですが」と彼は言う。「車をお返しする前に、私をスクリノまで行かせてくれませんか？　あそこに行って、ぼくは死ぬしかありません。どうぞ後ろの座席に乗って寝ていてください。スクリノ村に入るところであなたを起こし、鍵と車をお返ししますから。ここから五十キロほどのところです。」

私は飛び上がる。死ぬしかない、って、どうして？　どうやったら引き止められる？　私は、スクリノまで一緒に車で行くことはもちろん了解した、と伝える。彼はほんのかすかに微笑んで私に礼を言い、ゆっくりと立ち上がって歩き出す。空に顔を向けたまま。おそらくそうやって亡くなった女王さまと話をしているのだろう。彼のしぐさの一つ一つを追いかける。苦行僧のように痩せ細っているけれど、もうじき死ぬ人間にはとても見えない。彼のからだは生命の濃縮体だ。砂浜をずんずん歩いて海に向かって行き、十分ほどして——私には無限に長く思われたけれど——、私のほうへ戻ってくる。そしてぴたりと立ち止まり、砂の上に放り投げてあったTシャツとジーンズを身に着ける。

「すぐに出発していいですか?」

「もちろんよ。私、とてもおなかがすいているの。」

彼は驚いて私を見る。それは彼がたぶん一度も持ったことのない感覚なのだろうと私は思う。

「一時間もしないうちにスクリノには着きます。そこでお別れしますから、あとはどうぞお好きになさってください。」

思いつめた感じと途方に暮れたような感じとがまなざしに読み取れる。車の前まで来ると彼はちょっと迷ってから、キーを私に差し出す。

「スクリノまで運転していただけますか? あなたのお車なのですから。」

「私の母のよ。でも喜んで運転するわ。どうぞ乗って。」

私はゆっくり車を走らせる。どうしてこの男性を怖いと思わないのか、なぜ彼が死ぬのを止めたいと思うのか、頭のなかを整理して理解しようと努める。あれこれ質問したくてたまらないが、黙っている。最初の村を通り過ぎ、二番目の村も過ぎる。ときどき海沿いを走るのだが、彼が風景を眺めるのはそのときだけだということに気づく。三つ目の村を出ると、ティアメフへ通じる広い道路となり、一軒のドライブイン・レストランが見えてくる。私がスピードを落とすと彼は不安そうになる。
「たまらなくおなかがすいてしまったの。停まって、何か食べましょう。」彼はおなかはすいていないと言う。私はそれでも、せめてつきあって、と言い張る。彼はちょっと不愉快そうに車から降りる。私は料理をふた皿注文する。絶対彼は腹ペコだと思ったし、もしも彼が全然口をつけないなら、たぶん私には二人分の食欲ぐらいありそうだもの、と心のなかでつぶやく。ねえ、どう？　オセアーヌ？

私は食べる。とうとう彼も食べ始める。私はいろいろ質問する。とうとう彼も答えてくれるようになる。大学での落第の話、トラックのなかで過ごした夜、港への到着、トレーラーの検査、一つ一つ綿密な商品のチェック、そして輸送先間違いの品みたいに彼が発見されたこと。商品になりすまそうとした人間だ。赦しがたい犯罪。手荒に扱われ、こっぴどく説教され、それからほかの悪事を働いていないかを確かめるためにトレーラーのあった場所に連れていかれる。その直前に、同じような冒険を試みる連中たちのために大量にコピーしたのだと思われる新聞記事を一枚、おみやげに手渡される。記事には、証拠の写真と実名入りで、渡し屋と密航者との取引の阻止に警察が動いていること、密航取引の下部組織がスクリノの村人たちにまで広がっていることが書かれている。それで私は、目が覚めたときに車のなかで見つけたくしゃくしゃの紙がどうしてあそこにあったのか、やっと合点がいく。

ヤルフェルが話し、私が聞く。彼が黙ると、私が食べ、彼も食べる。彼の口から言葉は、早口に、切れ切れに、そして沈黙をはさみながら出てくる。琥珀の数珠の玉を一つ一つ繰るような感じだ。話の数珠の玉が触れたのは、スクリノ村からバカロレアに合格して奇跡と騒がれたことや、天国へと通じていると思われた道の幻影、イェッデについてのことがいくつか、それからとくに、獅子の浴場から出てきたところで小役人につかまって結局自分を女王さまだと思うようになったハラトのことなどだった。数珠玉の最後のいくつかが語ったのは、警察が彼を工場長のところに連れていき、トレーラーの荷台の下にもぐりこんだことを除けば「ここにましますお方」を前にほかに何も非難すべきことがないかどうかを警官が工場長に聞き取り調査したことについてだった。

「工場長はものすごく親切な人だったんです。警官たちが立ち去ると、ぼくは彼のところに戻って、どんなことでもいいから自分にできる仕事はないか訊ねました。返事はノーでした。でも同情をこめた様子で、ぼくのポケットに五ナルディ札をそっとしのばせてくれたんです。そのお金がなかったら、今朝、町中までぼくはバスで戻ることができなかったし、そうしたら七〇九を見つけることもできなかったでしょうね。それにしてもどうしてぼくは、あなたが後ろの座席でダッフルコートをかぶって寝ているのに気づかなかったのだろう。」

私も話さなくてはならない。私の眠っているあいだにこの男の子がさせてくれた思いもかけない旅が、自分でもよくわからない穴から私を救い出してくれたらしい。スクリノで死ぬんだという彼の計画は、彼の親しい女王さまが死んだことを私が乱暴きわまりないやり方で教えてしまったときに浮かんだものだ。責任は私にある。なんとしてもこの子が死ぬのをやめさせなくてはならない。どうしたらよいだろう。お金も仕事もないのは私だって同じだ。私なんて、自分の薬局を開くことさえできなかったぐらいだ。

突然、思いついた。彼の数珠繰りをさえぎって、私はコーヒーを二つ注文する。

「しばらく前から私は、自分の薬局を開くために利子つきの貸付を受けているの。でも時間ばかりがたつのにお店を開くところまでいかなくて。もしかしたら、働き始めることもできないまま利子だけ返さなくてはいけなくなるかもしれない。」

「どうして薬局を開店させないのですか？」

私は言葉をつまらせる。何と答えてよいのかわからない。

「何か病気でも？」

「……私、父のあとを追いたいと思っていたの。でも、ほんとうは、それほど死にたくなんかないのよ。ねえ、スクリノで自殺するのを先延ばしして、私が薬局を開くのに手を貸してもらえないかしら？　何年か大学の化学科で勉強したのだもの、きっととても助けになって……」

私は彼を席に残したままタシャレジに電話をかけに立つ。母は興奮状態だ。まったくこんなことをしでかすなんて、わけがわからない、と騒いでいる。私のせいで殺されかかっているそうだ。自分の母親をパン屋に置き捨てて、どんなショックを与えるかも考えずにあんなふうに車でブスコラに行ってしまうなんて、ひどいじゃない。お父さんが生きていたら、絶対に赦してくれませんよ。弟が真似をしたらどうするの。お前の言い訳なんか聞きたくない。だからもう切るわ——と。嵐が過ぎ去って落ち着くと、私は万事うまくおさまったと安心する。これでヤルフェルに罪がかかる心配はなくなった。それから、ソジュランとオセアーヌにかける。二人に、しばらくぶりにしっかり食べたこと、一週間後には薬局を開くつもりであること、タシャレジをなだめに電話をかけてくれるとうれしい、ということを伝える。

ヤルフェルのところに戻る。彼の顔がすっきりしている。車に戻ろうと二人で席を立つ。彼を脇にしながら、私はつま先でそおっと進む。前に歩くのが怖くならないように、長いこと離れなくなってしまったあの寒さの感覚を呼び起してしまわないように。私は空を見上げる。太陽は西へと傾いている。

生きることとの葛藤の時期は終わった、という感じが広がってくる。この見知らぬ男によって、私はいまや未知の場所に植え替えられたのだ。さあ、これからは歩み出すだけだ。

この新しい場所に移植される前は、私は自分の内側に、自分ではどうしようもない痛みを抱えていた。自分のまわりを人工的な照明で囲んでその影を隠す一方で、自分の奥に光源がしまわれていないかと探したが、ほとんどがらんどうのありさまだった。自分自身が消えて失くなっていく感じに襲われながら、手足をもぎ取られるような痛みや、突き刺さる棘、骨、襲ってくる爪、くちばし、毒、そうしたものすべてに苛まれ続けた。身体の中にそうしたものを抱え続けることが、苦しみに秘かな声を上げさせてやることみたいだったのだ。でも周りの人たちは私のこんな状態に気づいてくれなかった。ソジュランだけはときどき察してくれたみたいだけど。きっと最初が何か間違っていたのだ。最初が……。それはもちろん、十四、五歳のときに好きになり始めた、お向かいの長男ライルだ。

彼以外のことはすべて色褪せて見え、どうでもよいことに思えたのだった。私は絶対の沈黙を守りながら彼を思い続けた。その一方で、たぶん私より七、八歳年上で、一度も話しかけたことがないし一度も話しかけられたこともなく、ただ近所の通りで何回か姿を見かけただけのこの青年が私に同じ気持ちを抱いているという、やはり絶対の確信を持っていた。彼は何も気づいていなかったろうし、何も知らなかったはずだ。だけど私はそう確信していた。どうしてそう確信できるのか自分でもわからなかったが、たしかにそういう確信があり、それで満足だった。ソジュランただ一人が、私が近所の青年に寄せている秘密の恋心を知っていたが、そのことは誰にも言ってはならないことになっていた。それは、三年か四年の長い時間続いた。その間私は、お月さまは私とライルが一緒の時間にそれを眺めるためだけに存在するのだと信じ、詩人たちは私の心を写し取るためだけに詩を書くのだと思っていた。そして私が十八歳の、ちょうどバカロレアに合格したときに、ライルにはずっと前から婚約者がいて、数日後には結婚する、ということを知らされたのだ。両親のもとには結婚式の招待状も届いていた。私はお祝いの様子をいっさい見聞きしないですむように、一週間のあいだ、叔父の、ソジュランの父親のところに避難した。それ以来、大地に異変が起こったのだ。地面にぽっかりと大きな口が開いた。この穴に滑り落ちると人は二度と出ることはできない。そこに住み着いてしまった私には、この穴が安住の場所になった。それは、手では触わることのできない、薄暗い、秘密の、私の隠れ家になった。私がたちまち砕けてしまうのを怖れて、ソジュランさえこの隠れ家について私に問い糾《ただ》すのを避けてきた。そしてしょっちゅう私は、明け方、目覚ましが鳴る直前に、夢のなかで、リボンでいっぱいに飾られた黒い大きな車にライルと花嫁が腕を組んで乗っている光景を見た。そんなふうに、手では触われない心の中の家を取り囲む電気ショックの塀に接触しては、自分の住処の造りがどうなっているかを推し量ってきたのだ。

でも今この浜辺で、私のことを、親しくしていた百歳の老婆の孫娘と取り違えたこの青年のおかげで、私は未知の場所に植え替えられ、ついに薄暗い住処を脱出して、別の時間、別の空間に身を置いているという感じを味わっている。私の足元にあるのは、裂け目などない、果てしなく広がる熱い砂だ。こんなふうにして誰かに掘り出してもらう前は、絶対にライルの思い出を消すことはできないという奇妙な確信を、秘密の引き出しの奥に隠して私はずっと守ってきた。なぜならこの思い出は、世界の初めの混沌のようなものから来ていて、私には生まれつきこの混沌が運命づけられている、と思っていたからだ。だからライルの思い出は誰にも知られないようにしてきたのだし、ときには自分にも隠すようにしてきたのだ。それはそれでよかったのだと思う。でも今、私は、ずっとずっと遠くに行くことができる自分を感じている。世界の初めの混沌は、思っていたほどの混沌ではない、ということが今はわかる。今や、世界に内在する秩序が私を心地よい眠りに導き、身体にのしかかっていた重しを取り除いてくれる。おかげで私は波間に浮き上がる。

走り始める。ヤルフェルが車の隣に座っている。髪はもう乾いている。塩と砂の薄いベールが腕を覆っている。私は音楽が聞きたくなる。ボタンを押すと「ラァァァボエーム……」が流れ出す。今朝、タシャレジが入れたカセットだ。イブンがかけて私たちをげんなりさせたツリーポックのトンカチの響きを追い払おうとしたのだった。けれどそんなこともみんな、とても遠いことに思える。

ヤルフェルは私に、スクリノまでは三十分もかからないと話す。彼の声は前よりしっかりしている。

「ヤルフェルって、あんまりない名前ね。どういう由来？」

「スクリノ村の言葉では、アンダルシアのスズランのことをこう呼ぶんです。」

〈アンダルシアのスズランとは……〉。実はつけないがちょうど蓮のように水面に生えて、一輪咲きのサフラン色の花を咲かせるこの植物がさまざまな幸福を運んでくれると、祖母がいつも話してくれたのを思い出す。原産はイベリア半島の最南端で、ヘリオトロープとジャスミンに似た香りをもち、その香水は忘却と至福を引き起こす。

ほら、その通りだわ。ノズリ・Rとその仲間たち、マワルド、三百スルディのシャーベットをねだって母親から叩《はた》かれて気絶した女の子、ランプの足元にシェードをくるくる回したような女性、謎めいた言葉、ダッフルコートと寒気……みんなもう、すっかり忘れてしまった。あのもじゃもじゃもじゃの白髪頭の先生だって——彼が神様のおかげでまだ生きているとしたら――歌を歌うのにもう耳を塞がなくても大丈夫。そしてライルだって……。え?、それって誰だっけ?　そんな人、私は知らない。まったくの幻影だ。あらゆる言葉のなかの一番わけのわからない言葉、虹のなかの一番目に見えない色だ。

「じゃあ、あなたはアンダルシアのスズランなのね?」

「ええ」と彼は、ためらいなく言う。

これが至福と忘却というものかしら、と私は考える。それから、刺繍好きの謎めいた婦人がプレゼントしてくれたという、水に咲くサフラン色の花のことを思い浮かべる。彼女の住む界隈のたらふく食べた猫たちや生理用ナプキンの広告……。いったいあの女は誰だったのだろうか。ヤルフェルが続けて言う。

「だから、これから少しお金を貯めたら、ぼくに名前をくれた花が生まれた国、アンダルシアに行こうと思っているんです。あっちに行けば、今でも一財産稼げるっていうし。」

私は話したくなる、けれど口をつぐむ。もっとあとになったら、アンダルシアだって青い金は下落していて以前のようではないということを、彼に教えてあげようと決める。そう教えたって、私のいるこの陸地にずっと留まる気にはなってくれないかもしれない。海を回遊する魚のような習性の彼は、百歳の女王さまやその曾孫娘《ひまご》の跡を追いかけて行ってしまうに違いない。そうしたら雪の花が熱い国では溶けてしまうように、きっとアンダルシアのスズランは消えてなくなってしまうのだろう。

私は一人、帰路をたどる。助手席には、海草とジャスミンの匂いが漂っている。新聞スタンドを見かけたら、止まって、青い金の一バーレル当たり価格を確かめてみることにしようかしら。

訳者あとがき

本書は、チュニジアの小説家エムナ・ベルハージ・ヤヒヤの小説 Emna Belhaj Yahia, *Tasharej*, Paris, Éditions Balland, 2000 の全訳である。日本では、『見えない流れ』（彩流社）に続く二冊目の紹介となる。

著者は一九四五年にチュニスで生まれ、パリの大学と大学院で哲学を学び、帰国後は長く文化的な職務についてきた。これまで長篇小説四作、短編小説一作、他に評論やエッセイをフランスとチュニジアで刊行している。執筆言語はフランス語であり、日常的にもアラビア語（母語はチュニジア方言）とフランス語のバイリンガル生活を送っている。なお、アラブ系の人名を欧米流に表記する際にはさまざまな揺れがあるが、この作者についてはベルハージ・ヤヒヤを姓として表記する形で安定してきたので、以下でもそれに従うこととする。

本作およびベルハージ・ヤヒヤの文学の特質を紹介する前に、彼女の作品と訳者の出合いについて記しておきたい。

フランスを中心に文学理論を研究してきた私にとって、「マグレブ文学」の名で一九九〇年あたりから見聞きするようになった北アフリカのフランス語文学は、過激で異様なイメージの強い、フランスからみた周縁文学であった。しかし、筑波大学に創設された北アフリカ研究センターに関わることで直接この地域の国々に赴く機会を得た私は、新たな文学世界と出会うことになった。稚拙な作品も目立つ中、現地社会に密着して生きる作家たちから生まれてくる文学作品の価値に眼を開かせてくれたのが、エムナ・ベルハージ・ヤヒヤである。すぐれた表現と独自の世界観によって現代における文学の存在意義を改めて教えてくれた彼女の作品たちをぜひ日本に紹介したいと、すぐに訳出を決意した次第である。

哲学的思索が物語叙述の中にふんだんに盛り込まれていた前作『見えない流れ』とは違って、二人の平凡な若者を軸にしたこの『青の魔法』は、なじみやすく、より読みやすい作品であろう。ただ読者が疑問を抱きそうないくつかの点を解きほぐすとともに、作品の魅力を一層豊かに味わっていただくために、若干の解説を施したい。

読者が気になると思われる第一の特徴は奇妙な固有名詞の頻出である。人名だか地名だかもわからない名に出くわして誰もが戸惑いを覚えるにちがいない。作品の原題にもとられている母親の名タシャレジ Tasharej はその筆頭で、ほかにもヤルフェル Yarfer、イェッデ

Yeddé、ソジュラン Sojirane、ハラト Khalate など、原綴では一層へんてこりんな感じの名前が人物たちにつけられている。そこで、読者の便宜を図って本訳書では主な登場人物の相関図を付すことにしたが、作者によれば、男性名でも女性名でもないような、また、いかなる民族や地域も含意しないような、できるだけちんぷんかんぷんな名前を案出したのだという。ありそうもない奇異な名は、ブスコラやスクリノあるいはティアメフといった地名にもつけられている一方、現実に存在する地名は少数の例外を除いて伏せられている。明らかにチュニスを舞台とし、その現実を描き取ることを一つの目的としているにもかかわらず、あえて「首都」としか言及せず、「ナルディ」や「スルディ」という通貨単位など架空の要素を散りばめることによって、この作品は、チュニジアの日常をチュニジアだけに限定されないものとして、つまりは広く世界に通じる普遍的な性格を持ったものとして描き出そうとしているように思われる。

　そう考えれば、ファッション時計の「スウォッチ」だけは現実のブランド名のまま言及されたり、一九九〇年代に注目を集めた米国のヒップホップミュージシャン「２《トゥ》パック」を連想させるように作中のラッパーの名が「ツリーポック」とされていたりすることも、この作品が世界全体との同時代性の中にチュニジアがあることを強調しようとしているためだと納得できる。読者はファンタジーを読むように想像力を駆使して物語世界を思い描きつつ、より身近なものとして現代社会共通の問題を感じ取るように誘われることだろう。

作品冒頭から一人称の独白を繰り広げる女性主人公の名がわからないことにも注意してほしい。この匿名性は、読者に主人公へのある種の距離を取らせる装置としても働く。実際、テクストで内心の吐露をおこなうこの語り手は、読者にとって近しい存在となりつつも、完全に感情移入できるような対象として提示されてはいない。屈折と偏りを抱えたこの主人公に対して、読み手は疑問や批判の視線を投げかけつつ彼女の模索に随伴するように仕向けられる。こうして読者自身が体験する距離と共感の微妙な協働こそ、この作品がさまざまな設定を通じて訴える人間哲学の一つであることを強調しておきたい。

作品の全体は、この女性主人公を中心とする世界と、田舎から上京した青年ヤルフェルが百歳近いハラトと交流を繰り広げるもう一つの世界が、パラレルに展開する構造をとっている。この構成は作品世界に重層的なふくらみを持たせるとともに、二つの平衡世界の収斂に向けて物語的な駆動力を生み出す。ここで、二元性がベルハージ・ヤヒヤの文学において常に重要な要素として見られることを指摘しておきたい。『見えない流れ』も対照的な性格の兄ヤーシーンと妹アーイダの二人を通じて二側面から物語世界を編み出していた。

こうした二元性を何重にも組み合わせて重層的にからみあう関係的世界を描出していくことが、とりわけ『青の魔法』の特徴であると言える。この小説の中の最も顕著なペアは、主人公とその母親タシャレジであろう。西欧的な観点からすれば、二十代後半になってもまだ親元にとどまり、自分の直面している困難を始終、母親の責任であると非難し続けるこの娘はあまりにも未成熟で（成人した自分を「女の子」と呼ぶのは世界的な傾向であろうか）、むしろ母親への依存を露わに示している。だが、作品は主人公の自立を親からの離別によってではなく、主人公がみずから自分はタシャレジの娘だと宣言するという、関係の主体的な結び直しによって表現する。主体の十全な開花は、むしろ他者との関係によってしか実現しないという根本的な考えがここに示されている。そしてその他者、すなわちペアとなる「相手」（これもこの作品のテーマである）は一人ではない。ダイヤモンドが無数のカット面から成るように、人は多面体である。かくしてこの作品では、主人公と従兄ソジュラン、ソジュランと妻オセアーヌ、仕立屋の女性と伯母ハラト、ハラトとヤルフェル、姉イェッデと弟ヤルフェル、主人公と祖母、祖母と掃除にくる女性、祖母とタシャレジなどなど、多くの人間関係が明らかに対として描かれ、二元性が多元性を織り成していくのである。

多数の登場人物の複雑な関係を描く群像小説の形式は、ベルハージ・ヤヒヤの文学の基本的な形式であると言ってよい。特権的な上流階層に位置するのであろうノズリとその周辺の人々から、ある程度の経済的余裕をもつ知識人の中流家庭であるタシャレジの一家、そしてより庶民的な階層の多くの人々まで、作品はチュニジア社会の見取り図を描くように、それぞれに異なる立場の、そしていろいろな世代の人物たちを登場させている。世代間の相違の描出もこの作品の特徴であるが、同じ社会に属していても一人一人が違う経験を生きており、その多様性こそが豊かさに通じることを小説は浮かび上がらせる。

女性たちを中心に物語が作られるのもベルハージ・ヤヒヤの文学の特徴である。第一作の『境界の日々』（一九九二年）では少女時代に同級生だった二人の女性を軸にチュニジアの現代史がたどられ、二作目の『見えない流れ』（一九九六年）では個性的なアーイダが作品の中核に描かれていた。第四作の『リボンの戯れ』（二〇一二年）も中年の女性を主人公にして、高齢の母親や息子の恋人との葛藤に満ちた関係が展開される。なかでもこの『青の魔法』の特徴と言えば、実に多くの、異なる境遇の女性が描かれ、そしてそれらの女性がみな、男性の支えなしに独りで生きていることである。習作とも言える処女作ではやや直截に表現されていた男女差別批判や女性の「解放」への主張は、『青の魔法』ではより柔和なかたちに昇華され、伴侶を喪うなど、期せずして男性に頼らずに生きている女性ばかりが、ほとんどユーモラスなほど、これでもかと登場する。（主人公を除く）女性たちはみな、自分の職業を持っているか、金銭的に困らない状況にある。この意味では、主人公一家からは洋服の直しを頼まれるだけの零細な仕立業の女性も他の家の掃除婦として働くイェッデも、学者として成功したタシャレジに劣らず、経済的に自立した立派な社会的存在である。作品は、付き合っている男性ノズリと主人公との電話での微妙な会話から始まるが、ストーリーは恋愛ものとしては展開せず、恋人との関係以外のところに主人公が自分の希望を見出していく場面で終わる。それは、この作品が男女の一対一の関係よりも先に、開かれた多元的な関係を獲得することによる人間としての自立を描こうとしているためであると思われる。ただ、男女関係の温かさは、作品後半のタシャレジと亡き夫との空想上の切ない会話に見られるように、否定されてはいない。

作品に現れるチュニジア独特の生活文化について、少し解説しておこう。ミントジュースやアーモンド水（アーモンドミルクにオレンジなどの香料を入れて水で割ったもの）は、とくに女性たちに好まれる清涼飲料である。日本の洋菓子店と和菓子店のようにパン屋には二種類あり、フランスパンやクロワッサンを売る一般的な店のほかに、昔なじみの丸パンを売る伝統的な店がある。香辛料としてアニスの粒やニゲラ（クロタネソウ）の種子を散らしたパンは実際にも存在する。なお、イブンが皮肉を込めて歌う歌に出てくるひまわりの種は、庶民的なおつまみとして古くから食べられてきた。「ブリコレ」の葉をコーティングして重ねた菓子というのは作者の完全な創作であろうが、行事ごとに凝った料理や菓子を食べる文化は今も生きている。こうした伝統的な要素を作者は前近代的なものとして蔑視するのではなく、現代のチュニジアに息づいている、ときにはむしろおしゃれなものとして描いている。西洋文化と地域文化が二極対立の関係にないことは、若い主人公が、シャンソンの往年の名曲であるアズナブールの「ラ・ボエーム」も、アラブ系と思われる古い流行歌も、どちらもそれなりに良いものとして受け入れていることにも表されている。

さらに、ヤルフェルの浸る夢想や、ハラトの幻想と区別のつかない回想が、二人の生を支えた力として描かれているように、この作品は現実的な事柄と空想的な事柄の両方を、人間にとって必要なものとして据えている。作品の冒頭で、また円環形式によってテクストのほぼ全体を通じて、主人公が睡眠薬の作用による半覚醒状態に置かれていることもその象徴であるだろう。一人称の独白は客観的事実と主観的な妄想との区別を不可能にするが、個々人にとってはどちらもが人生の真実であり、切実で貴重なものである。

このこととも連関するが、冒頭の独白からすでに顕著に示されるこの作品の特徴として、身体感覚の強調があげられる。記憶や幻覚とも入り混じる、耳にざわめく音や、目で見るだけで伝わる母親の汗のじっとりした感覚、骨まで凍るような寒気、振動やめまいの感じ、痛みとして突き刺さってくる不快な音楽、そして風の感触や海の匂いなど、身体的認識と言えるものがテクストに頻出している。こうした繊細で先鋭な身体的感受性にもとづく描写はしばしば女性作家のエクリチュールの特性として議論されるが、とくにこの作品で注目されるのは、そうした身体感覚が、知的・理性的な活動と一体のものとして示されていることである。主人公は作品で描かれるどの場面でも寡黙で、わずかにしか言葉を発しないが、内言においてはきわめて饒舌で、その語り方も、感覚的な表現や口語的な語り口と、知的で概念的な語彙による分析的な叙述が自由に交錯する、不思議なスタイルをとっている。むしろその混淆状態を自然なものと思わせるこの作品の文体は、知性と感性、思考と肉体、抽象性と具体性が人間にとっては不可分の関係にあるとする著者の思想の発露であると言える。

ここで、エムナ・ベルハージ・ヤヒヤにおける海の象徴性について特筆しておきたい。『見えない流れ』の冒頭近くの「杉綾模様」の章では著者独特の海のイメージが、次のように印象的に、そして哲学的に語られていた。

ヤーシーンは、完全な調和を奏でるこの変化全体をいつまでも眺め続ける。この一つの大きなまとまりの中に、かくも種々雑多なものが行き交い、移り変わりをみせ、多様さと相違がかくも自然に溶け込み合っているそのさまを見つめる。〔……〕そこは単一であるとともにいろいろな面を持った世界、自由奔放に動いていながら風の向きにしっかり従わされてもいる広がりだ。

ヤーシーン自身がこの海さながらに多様性と調和を象徴する人物で、弱点でさえある流動的なしなやかさを特徴としていたが、その彼の見る、あるいは彼の理想とする世界の在り方がここに海の描写として示されていると言ってよいだろう。果てしない一つの大きな広がりとしてまとまりを持ち、まったく穏やかに見えて水面下ではいくつものさまざまな潮流がぶつかりあい、水面《みなも》では一時も留まることなく無数のきらめきが輝く。ざわめきつつ静まり返り、単一でありながら多様で、止まっていながらたえず変化しているこの物質と生命の統合の場こそ、地上の人間社会そのものの姿であり、人間の生そのものの形象化なのである。

エムナ・ベルハージ・ヤヒヤがチュニジアに生きる人間として海をいかに重要なテーマとして考えていたのかは、『青の魔法』と前後して書かれた評論からも知ることができる（サドク・ブバケルとの共著『チュニジアの地中海』二〇〇〇年所収）。「私の地中海は多元的であるからこそ美しい」と述べる著者は、数々の文明が行き交った地中海を「液体性の歴史」の場と呼んでいる。水には切れ目も仕切りもない。そして固定した形を持たない。海は、歴史そのものが時代の交じり合いとして存在すること、また私たち自身が「多数のアイデンティティが出会い、膨らませ合う」ような流動体であることを教えてくれるのである。

その一方で海は過酷な国境でもあり、その扉は開かれていない。「仕事と金が簡単に手に入ると想像」し、法をかいくぐって対岸に渡ろうとする若者の数は、二十世紀後半以降、増加の一途をたどってきた。地中海が、現代において地政学上の宿命とも言えるこうした抑えがたい脱出の欲望とそれが生む悲劇の場としてあることも著者はこの評論で強調している。『青の魔法』ではヤルフェルを通して、若者たちに潜在的に行き渡った恒常的な脱出の夢が描かれているが、作者は小説の中でこの試みを頓挫させることで、二〇〇〇年前後でも毎年数百人規模で出ていた密航による死者の悲劇にも、排外される移民としての屈辱的な生活にもこの青年を向かわせず、海のこちら側で、自分たちの岸辺で、まずは再出発させるのである。最終章で神話の人物さながらにヤルフェルは海から出現する。この美青年が譬《たと》えられる架空の花「アンダルシアのスズラン」は、白い小さな花を連ねた寒冷地の可憐な植物とは異なる、地中海世界独自の快活で魅惑的な花があること、そしてその花はこの暖かな海辺の世界でこそ咲き誇り周囲に幸福をもたらし得るということを、暗に示しているにちがいない。

本作では海のこうした複合的なヴィジョンを土台としながら、人々にとってのその魅惑と癒やしの力が物語の鍵に据えられている。冒頭から海の青《ブルー》が謎めいたモチーフとして示されるが、結末の幸福な魔術のような海辺でのシーンでは、分散していたストーリーが収束し、人物たちに一気に新たな展望が開かれるとともに、作品そのものが明るい輝きを放つ。むろん青は家々の扉や窓枠を彩るチュニジアのシンボルカラーでもある。こうした象徴性を生かして、本書では邦訳題名を『青の魔法』とした。なお作品末の「青い金」が何を意味するのかは、読者の皆さん自身に、空想を楽しく働かせながら考えていただくことにしたい。

最後に、チュニジアのフランス語表現文学を概観して、エムナ・ベルハージ・ヤヒヤの文学の特質を考えてみることにしよう。

チュニジア文学はアラビア語とフランス語によって書かれるが、小説創作が盛んになり始めるのはともに一九七〇年代からであった。フランス語文学について言えば、それを牽引してきたのはムスタファ・トリリ（一九三七－　）やアブデルワッハーブ・メッデブ（一九四六－二〇一四）といった国外在住の作家たちである。こうした移住作家たちの共通テーマは、故郷からの追放やアイデンティティ喪失の苦悩であり、彼らの作品はフランス文学に異質な要素を持ち込む活性剤としても機能した。なお新進の注目作家にフランスの大手企業でＩＴ技術者として働くヤメン・マナイ（一九八〇－　）がおり、チュニジアと世界をつなぐ作品を書いている。一方、国内在住の作家たちによる創作活動は一九八〇年代から活発になってきた。フランス語を用いた文学の特徴はチュニジアの現実に対する厳しい批判意識であると言われるが、その代表者は女性作家へーレ・ベージー（一九四八－　）であろう。ブルギーバ大統領時代から一貫してチュニジアの専制政治を告発して精力的な言論活動を展開してきた彼女は、自伝的小説『日の眼』（一九八五年）で、西欧的な価値観を身につけてパリから戻った女性と旧市街の古い世界に君臨するその祖母とを対照的に配置し、因習に拘束されて生きるその他の人々の無力をアイロニーとメランコリーを込めて描き出した。また女性医師であるアッザ・フィラリ（一九五二ー　）は九〇年代初めから、腐敗の蔓延するチュニジアに生きる人々の居心地の悪さを繊細な感受性によって書き留めてきた。一方、女性実業家のハジェル・ジラーニー（一九四六ー二〇一〇）は徹底して女性の権利拡張を謳い、タブーをものともしない奔放な女性を描き続けてきた。男性では現地作家の中心的存在である多産なアリ・ベシェール（一九三九ー　）が、取りとめのない不安に駆られる男性主人公がチュニジアの現代生活の中でときに回想に浸りながら精神の彷徨を続ける姿を多く描いてきた。

こうした内外のフランス語作家たちと比較することによって見えてくる、エムナ・ベルハージ・ヤヒヤの文学の特徴は以下のようなものであろう。まず、チュニジアの内部に生きる人間を描き社会を内側から見つめる視線を貫いていること、そしてチュニジアの負の側面を直視しながらもその日常への愛着をもとに日々の生活の細部に価値を見出していくことである。さらに、西欧的な近代性と伝統とを二項対立的に背反させるのではなくその融和の可能性を示すこと、多様性を重んじる多元的な価値観に立つこと、何らかの希望を提示する建設的な姿勢を失わないことなどがこの作者の特質として指摘できる。随想を交えた最近の社会評論『チュニジア、私の国の問い』（二〇一四年）でもこれらの特性は共通している。何より自分が身を置いている社会を面白がり、人間というものを面白がるところから、無数の発見を連ねて私たちを新たな認識に誘うのがエムナ・ベルハージ・ヤヒヤの文学である。

そしてこの小説『青の魔法』は、国内格差や失業などの深刻な問題をかかえる社会の中で、若者たちが手を取り合い、自分たちの足もとから未来を作っていくことに国全体の、あるいは世界の希望を見る作品であると言えよう。ここにはすでに、二〇一一年のチュニジアの市民革命の方向が、十年も前にはっきりと捉えられていたのかもしれない。

今回も彩流社編集部の若田純子氏の熱心な支援のおかげで本書の刊行を実現させることができた。また前作同様、私のリクエストに応じて表紙の原画を描いて下さった筑波大学非常勤職員半田絵里子さんには、改めて御礼を申し上げる。空と溶ける美しい海の色とともにこの愛すべき作品を読者の方々にお届けできることを、心から嬉しく思っている。

訳者あとがきの校正の段階で、チュニジアの民主化組織にノーベル平和賞が贈られたという朗報に接し、歓喜している。異なる立場を尊重しつつ対話によって国づくりを模索してきたチュニジアの人々を賞賛するとともに、私たちも彼らに学び、今後も応援していきたい。

二〇一五年十月

青柳悦子

■著者紹介■

エムナ・ベルハージ・ヤヒヤ (Emna Belhaj Yahia)

1945年、チュニス生まれ。ソルボンヌ大学・大学院で哲学を専攻。哲学教師を経て、チュニジア国立図書館やチュニジア科学・文芸・美術アカデミー（「知識の館」）に勤務して文化活動に従事（2005年退職）。現在は執筆活動の傍ら、同アカデミーの小説部門委員を務める。

■訳者紹介■

青柳 悦子（あおやぎ えつこ）

筑波大学人文社会科学研究科教授（文芸・言語専攻）、人文・文化学群比較文化学類長。

著書に『デリダで読む『千夜一夜』』（2009、新曜社）。共著に *The Arabian Nights and Orientalism*（2006, London: I. B. Tauris）、『あらすじと読みどころで味わう世界の長編文学』（2006）『文学理論のプラクティス』（2001）『現代文学理論』（1996）（以上、新曜社）、『バフチンを読む』（1997、NHKブックス）など。訳書にエムナ・ベルハージ・ヤヒヤ『見えない流れ』（2011、彩流社）、マリナ・ヤゲーロ『言葉の国のアリス』（1997、夏目書房。渋沢・クローデル賞受賞）、共訳にジェラール・ジュネット『物語の詩学』（1997）『フィギュールⅠ』（1991）『フィギュールⅡ』（1989）『ミモロジック』（1991）（以上、水声社［書肆風の薔薇］）など。

青《あお》の魔法《まほう》

2015年11月13日　発行　　　定価はカバーに表示してあります。

著　者　エムナ・ベルハージ・ヤヒヤ
訳　者　青　柳　悦　子
発行者　竹　内　淳　夫

発行所　株式会社　彩　流　社

〒102-0071 東京都千代田区富士見2-2-2
電話 03（3234）5931　Fax 03（3234）5932
http://www.sairyusha.co.jp
e-mail sairyusha@sairyusha.co.jp

印刷　モリモト印刷（株）
製本　（株）難波製本
装幀　虎尾　隆

ISBN978-4-7791-2074-9 C0097

見えない流れ

エムナ・ベルハージ・ヤヒヤ 著／青柳 悦子 訳

北アフリカの国チュニジアの首都チュニス。兄ヤーシーンの「ありふれた日常」と妹アーイダの恋の行方──ごく普通の人びとの生活や街角の光景のモザイクから、静かに、鮮やかに浮かび上がる人間の幸福や真実、そして普遍性。輝きを放つ言葉としなやかな感性で紡がれる傑作。

（四六判上製・二二〇〇円＋税）

小川

キム・チュイ 著／山出 裕子 訳

ベトナム戦争後の混乱の中、幼い子どもだった「私」は家族とともにボートピープルとなった。辿り着いたのは純白の大地カナダ。国を捨て、言葉を失い手に入れたのは、ベトナム系カナダ人という新しい生。現在と過去、ベトナムとカナダを行き来して語られる自伝的小説。

（四六判上製・二〇〇〇円＋税）